これからの本屋

between reader and bookseller

北田 博充

書肆汽水域

まえがき

「たとえばこの世からすべての本屋がなくなったとしても、ぼくは本屋を名乗ることをやめないと思う」

ぼくの大好きな本屋さんはそう言いました。なるほど、この世から本屋がなくなっても本屋を名乗ることができるのか……と訳もわからず感心し、それならぼくだってそういう生き方がしたい、と「本屋見習い」のぼくは思ったのです。

それからぼくはずっと考え続けました。「自分はどうして本屋がしたいのだろう」「本屋じゃないとできないことってなんだろう」「そもそも本屋って何者なんだろう」。自問自答の日々です。

ぼくが本の仕事をはじめたのは大学生の頃です。地元の神戸にある本屋でアルバイトをし、新卒で取次会社（本の問屋）に入社、その後は本・雑貨・カフェの複合店を立ち上げて今に至ります。今年で本の仕事に就いて十年目ですが、まだまだ「本」のことや「本屋」のことがよくわかっていません。

そんなぼくが「ちゃんとした」本屋になるためには、あらためて本屋のことをじっくりと考えてみる必要がありました。固定観念をとっぱらい、「本屋とは何か」ということを突き詰めなければならないと思いました。近いようで遠い「本屋」という存在は、輪郭がおぼろげで、ふわふわしていて、つかみどころがありません。

そんな「本屋」のカタチを自分なりに考えるために、ぼくはこの本をつくりました。そして、ぼくと同じような「本屋見習い」の人たちの参考になればとも思いました。この世の中に本屋さんが増えれば増えるほど、きっと世界は良くなっていくはずです。

この本はワークブック形式になっていて、四つの課題に順を追って答えていくことで「本屋のあり方」を考えていこうというものです。

第一章「ていぎする」では本屋の定義について考えます。本を売るだけが本屋の仕事ではないという前提で、本と深く関わっている方々にインタビューをしました。

第二章「くうそうする」では理想の本屋を空想します。「こんな本屋に行ってみたい……」「あんな本屋があればいいのに……」をできる限り具体的に空想することで、「これからの本屋」のあり方を考えるヒントにします。理想と現実は相反するものではなく、理想の延長線上に現実があると考えました。

第三章「きかくする」では新しい本の売り方を考えます。ぼくが過去に取り組んだ企画を事例として紹介し、本の新たな側面を見出したり、新たな読者への本の届け方を模索します。

第四章「どくりつする」では、書店での勤務経験を活かして独立された方々にインタビューをしました。新刊本屋の店主、古本屋の店主、特定のお店を持たずに活躍するフリーランス書店員の三人に、今考えていることを聞きました。これから本屋になりたい人にとって大きなヒントになると考えました。

本屋のあり方は様々です。雇われの身として書店で働く、独立して小さな本屋を商う、フリーランスとして本に関わる仕事をする。他にもいろいろなやり方があるかもしれません。この本を通じて、「本屋」という生き方について考えを深めるとともに、「これからの本屋」のあるべき姿が少しでも見えてくればと思います。

CONTENTS

まえがき……3

第一章 ていぎする 9

粕川 ゆき……12
普段はSHIBUYA PUBLISHING & BOOKSELLERS(SPBS)の書店員として働きながら、「いか文庫」というエア本屋の店主として活動。

福岡 宏泰……32
二〇一三年、創業九十九年目にして惜しまれつつ閉店した海文堂書店、最後の店長。退職後は本を売る側から本を読む側に。

根岸 哲也……56
大量の本が築五十年の家を脅かし、建て替えを決意。壁面全面が本棚の「本棚住宅」を建て、四六時中本に囲まれて暮らす。

第二章 くうそうする 71

HON×MONO BOOKS……74
小説に登場する「モノ」をオークション販売する本屋。

書肆・汽水域……78
子どもしか入ることができない秘密の小部屋がある町の本屋。

BOOK TRAP……………82——本屋の外で「本」との偶然の出会いを演出するユニット。
TORINOS BOOK STORE……86——睡眠中に見た夢が「本」になる泊まれる本屋。
満月書房……………90——三浦海岸に満月の夜だけ姿をあらわす謎の本屋。
▨スタンダードブックストア代表・中川和彦氏が空想する「夢の本屋」94
第三章 きかくする 101
BIRTHDAY BUNKO……………106
飾り窓から……………110
Bibliotherapy（ビブリオセラピー）……114

Branchart（ブランチャート）…………118
文額～STORY PORTRAIT～…………122
▨双子のライオン堂 店主・竹田信弥氏が考える「新しい本の売り方」126

第四章 **どくりつする** 133

辻山 良雄（Title）…………136——リブロ池袋本店でマネージャーを務め、退職後の二〇一六年、荻窪に新刊書店Titleを独立開業する。
高橋 和也（SUNNY BOY BOOKS）…………156——二〇一三年、東急東横線・学芸大学駅に古本屋SUNNY BOY BOOKSをオープンする。
久禮 亮太（フリーランス書店員）…………180——あゆみBOOKS小石川店で店長を務め、二〇一四年に退職。その後は、フリーランス書店員として活躍する。
あとがき…………204

第1章

ていぎする

本屋の定義を考えよう

課題1

「本屋さん」の定義を考えましょう。

P12〜P70で紹介する三人は、
本と深く関わっている人たちです。
彼らの生き方を参考にしながら、
「本屋さん」とは一体何者なのか
じっくりと考えてみましょう。

MEMO

1 エア本屋という生き方

粕川　ゆき（いか文庫 店主）

エアギターならぬエア本屋

本屋をするには場所が必要でお金がかかる。いくら本が好きで本屋がしたいとはいえ、自分の力でお店を開くことは容易ではない。誰もがそう思っていたはずだ。

二〇一二年に「いか文庫」をはじめた店主の粕川《かすかわ》ゆきさんはこの常識を覆した。お店もない、商品もない、けれど毎日どこかで開店している。そんな「いか文庫」というお店を「エア本屋」として実現させた。音楽に合わせて、実際には手にしていないギターを弾くような真似をする「エアギター」と同じように、実際には持っていない本と場所で日々本屋を開店している。毎日Twitterで「おはようございます。開店しました！」とつぶやいたり、リアル本屋が発行している風のフリーペーパー「いか文庫新聞」を発行したりと、実際に店舗があるかのような手の込みようだ。

いか文庫の主な活動の一つは、リアル本屋の棚を借りて「いか文庫フェア」をすることだ。テーマに合わせて選書をし、棚をつくることはもちろん、実際にお店で接客をする「お店番」まですることもある。エア本屋なのにリアル本屋に出没するところがおもしろい。

今、いか文庫を運営しているのは店主の粕川ゆきさんとバイトちゃんの二人（以前はバイトくん含め三人で活動）。主要メンバーの他にもイカサポーター（通称イカサポ）やサブスタッフがたくさんいるという。

月にだって支店がつくれる

リアル本屋に課せられる制約が、エア本屋にとっては何の足枷にもならない。場所や本を持つことなくお店が開店できるエア本屋だからこそ、いつでも、どこにでも、どのような本屋でもつくることができてしまう。

二〇一四年三月、いか文庫は「月支店」を開店した。月の地図や土地権利証もいか文庫のオフィシャルサイト上で公開されている。このような突拍子のないことまでできてしまうのがエア本屋の魅力なのだ。

また、過去に二度、一日限定で正社員を百名募集する企画も行っている。これは、「Twitter か Facebook で「＃いか文庫社員」を付けて、テーマに合わせたオススメ本をつぶやくと、その日に限りいか文庫の正社員になれるという企画。世界中の誰もが本屋の正社員になれる、エア本屋ならではのおもしろさだ。

従来の本屋はとても「現実的」な場所だ。出版不況の中で、当然のことながら目の前の売上を取り収益を上げることが最優先となる。だから、お客さんを楽しませることや、本の魅力を伝えることが後回しになってしまうことだってある。

エア本屋なんてただのお遊びだと言う人がいるかもしれない。場所も商品も持たず、リスクなしで楽しいことだけを好き放題やっているだけだと。けれど、ぼくはそうは思わない。何かを空想することはとても大事だと考えているからだ。空想は現実の反対側にあるものではなく、空想の延長線上に現実がある。現実を変えたければ空想することからはじめなければならない。

これまでの本屋とこれからの本屋

本を売るだけが本屋の仕事ではない。本や本屋の魅力を多くの人に伝えていくことも本屋の大事な仕事の一つだ。中でも、本にあまり興味を持っていない人たちへ本や本屋の魅力を伝えていくことは何よりも重要だと考えている。未来の読者や未来の本屋愛好家のために、魅力的な世界への入口をできる限りたくさんつくらなければならない。そのためには、本と本以外のものを組み合わせて企画することも重要だ。

二〇一四年十月、いか文庫はクラウドファンディングで百五十万円を集め、本と音楽を一緒に楽しむフェス「本音のフェス」をライブハウス渋谷WWWで開催した。いか文庫が本好きにオススメしたいミュージシャン、空気公団、空中カメラのライブと、AR三兄弟の川田十夢氏による「AR（拡張現実）を使った本屋の楽しみ方」を空想するトークが会場を盛り上げた。一日限りのいか文庫「ライブハウス支店」が開店し、多くの本好き、音楽好きが楽しい一夜をすごした。お客さんの中には、音楽は好きだけど本にはあまり興味がないという人も含まれていたのではないかと思う。そういう人たちのもとへ本が出向いていくことに価値がある。

「これからの本屋」のあり方を考えていく上で重要となるのは、版元（出版元・発行元）でも本屋でも読者でもない、新たな立ち位置の存在だと考えている。ただの売り手でもなく、ただの読み手でもない。その中間にいる人たちこそ、本屋業界を変えていけるのかもしれない。売り手側が読み手側に近づいていき、読み手側も売り手側に近づいていく。両者が混ざり合う中間地点に新しい可能性があるように思う。今、いか文庫はそういう場所にいるような気がする。

INTERVIEW

粕川　ゆき

（いか文庫 店主）

お店もないし、商品もないけど、どこかで毎日開店はしている

――エア本屋を自称されていますが、いか文庫はどのような活動をされているのですか？

粕川　お店もないし、商品もないけど、どこかで毎日開店はしているというエア本屋で、毎日Twitterで「開店しました」とつぶやいています。これまでの仕事で多く行っているのが、リアル本屋の棚をお借りして「いか文庫フェア」をやらせて頂くことです。ただ、当初はそういうフェアをやるつもりはなかったんです。吉祥寺のBOOKSルーエさんにお声かけ頂いたのをきっかけに、いろんな書店さんからお声がかかるようになりました。あとは、お店がないという利点をいかして、雑誌やWEB上に支店を開店させたりもしています。エアだから、どこにでもオープンできるので。

――BOOKSルーエさんとはもともと接点があったんですか？

粕川　「いか文庫新聞」をルーエの花本さんにお渡ししたところとても面白がってくれて、「ルーエで何かやろうよ」とお声かけ頂きました。それまでは、リアル本屋さんに「エア本屋とかなめてるな」と思われるのが怖いから、こっそりやろうと思っていたんですけど、意外とリアル本屋さんから「面白いね」と言ってもらえることが多かったから、「あれ、これ大丈夫なのかな」と思って。

――いか文庫結成のきっかけを教えてください。

粕川　最初は、友達との他愛もない会話で「もし、自分で本屋をするならどんな名前にするの？」って言われて、全然何も考えずに「焼きそばが好きだから焼きそば文庫かなぁ」とかいろいろと言っていて。その当時、私のiPhoneケースがイカの形だったので「いか文庫とかいいかもね」って盛り上がったんです。それが自分の中でさらに盛り上がって、友達のイラストレーターの死後くんに「いか文庫というのをはじめてみようと思うんだけど、ブックカバーのイラスト描いてくれない？」ってお願いして。

――（笑）

粕川　すると、想像以上の素敵なものを描いてくれて、それをロゴにさせてもらったんです。それで、ちょうどその頃、飲み仲間だったバイトくんに「いか文庫をやろうと思っていて」と話したら、「超面白そうだから、僕バイトくんやる」って言われて。「バイトくん」という設定も私の中ではなかったんですけど、なんだか面白そうだったので。そこからバイトくんと新聞を作ることになりました。本当にノリではじまったんです。

――凄いですね。

粕川　ときを同じくして、とある人からイカの絵のブックカバーをもらったんです。それを写真に撮ってツイートしたら、「それ、私が描きました」って描いた本人から返事が来て。それが今のバイトちゃんなんです。その後、お互いの家が近いことがわかって、荻窪の6次元というカフェで会うことになったんです。会ってみたら、佐賀県呼子に「イカ検定」を受けに行くくらい、本気のイカ好きな女の子で、ずっといか文庫が気になっていたみたいなので、「じゃあ、バイトちゃんやりませんか？」って。これも完全にノリですね。何をやるか決まってもいないのに。

――今も三人で活動されているんですか？

粕川　バイトくんは二〇一四年の十月に退職して、今はバイトちゃんと二人でやっています。

――エア本屋というのは今まで誰も思いつかなかったと思うのですが、そういう発想に至った経緯を教えてください。

粕川　実はエア本屋と言い出したのは私じゃないんですよ。

――そうだったんですか？

粕川 周りの人から「それって、エア本屋だね」と言われて、たしかにそうだと思って。それを使わせてもらいました。エアギターというのもあるし、説明がしやすいなと思って。「架空本屋」とかだと、ただの妄想だと思われてしまいますから。

――「エア」というだけで実在する感じがしますよね。

お金をもらう以上はちゃんと成果のある仕事じゃないとダメだと思うので

――粕川さんは大学卒業後にスポーツメーカーに就職され、その後ヴィレッジヴァンガードに転職されたんですよね？

粕川 本に興味があるというよりは、ヴィレッジヴァンガードに興味があったんです。大学生の頃からすごく好きでずっと通っていたんで。二十九歳でヴィレッジヴァンガードに入って、それから五年くらい働いていました。今は SHIBUYA PUBLISHING & BOOKSELLERS (SPBS) で働きながら、いか文庫の活動をしています。

――本業と副業という感じではないですよね。

粕川 そうですね。自分の気持ちの面でも副業とは言わないようにしています。それぞれの仕事をちゃんとやろうと思いながらやっています。

――どちらも本業という感じですよね。ちょうど今、荒木優太の『これからのエリック・ホッファーのために』という本を読んでいて、Labor（労働）とWork（仕事）がしっかりと区別されているのがおもしろいんです。粕川さんの場合はどちらもWorkですよね。粕川さんの仕事に対する考え方をお聞きしたいです。

粕川　いか文庫の活動はただの思いつきではじめたことだったので、当時はそれほど深く考えていなかったんです。けど、「ほぼ日」に行って糸井重里さんにお会いしたのがきっかけで、考え方が大きく変わったんです。糸井さんに、今後も活動は続けて行きたいのかどうかを聞かれ、「もちろん続けていきたいです」って軽く答えたんですけど、「だったら、お金がいるよね」って言われて。そのときに頭を殴られたような衝撃を受けたんです。そのときからすでにグッズを作ったりはしていたんですけど、それをどうやって売っていくかとか、お金にしていくかということをまったく考えていなかったので。そのときから、お金のこともちゃんと考えようと意識が変わりましたね。いか文庫の活動を「趣味」だとは言わず、「仕事」だと言うようになりました。お金をもらう以上はちゃんとその分の成果がある仕事じゃないとダメだと思うので。

――お金の話でいうと、クラウドファンディングで百五十万円集めて、「本音のフェス」というのをされていましたよね。これはかなり大変なお仕事だったと思うのですが。

粕川　今考えても、その頃どうやって生きていたんだろうと思うくらい大変でしたね。準備期間に一年くらいかかっているんですけど、本当に気力だけでやっていた気がします。イベントが十月二十日だったんですけど、その後お正月が明けるまで、音信不通になるくらい魂が抜けてしまって。周りからすごく心配されたんですけど、それくらい全身全霊がかかっていた仕事でした。

――「ほぼ日」へのコンタクトも「本音のフェス」もバイトちゃんがきっかけをつくってはじまったことなんですよね。店主とバイトちゃんはいか文庫の中でどのように役割分担をされているんですか？

粕川　本のことや渉外的な業務は私がやっています。バイトちゃんは「イカ」の担当です。それと、WEBの仕事をしているので、いか文庫でもWEBサイトを作ったり、彼女が得意なことをやってもらっています。

――過去に二度、一日限定で正社員を百名募集されていますよね。これはどういう企画ですか？

粕川　TwitterかFacebookで「＃いか文庫社員」を付けて、自分のオススメしたい本をテーマに合わせてつぶやいたら、その日だけいか文庫の正社員になれるという企画です。正社員なのでバイトちゃんより上です。

――なるほど（笑）

粕川　いか文庫は私とバイトちゃん以外にもイカサポーター（イカサポ）という人たちが何人かいて、バイト小僧とバイト野郎と相談役というような名称がある人たちもいるんです。この企画は相談役が提案してくれて実現しました。いか文庫はどこにもないから、Twitter や Facebook などの SNS を使った企画ができるんです。お金もかからないし、世界中の誰もが参加できるし、どこかの場所でイベントをやるときみたいに物理的な拘束もないので。去年はじめてやったら想像以上に反響がよかったので、毎年恒例でやることになりました。

——エアならではの企画ですね。エア本屋の強みはどのあたりにあるのでしょうか？

粕川　強みはどこにでも開店できることです。どこにでも行けるし。いか文庫には月支店もあるんです。月に土地を持っていて、支店を出しているんです。そういう突拍子もないことができるから、おもしろがってもらえる。それと、お店がないから在庫を持たなくていいんです。お店ってそこが一番問題じゃないですか。お店も持てないし商品も持てないけど、エア本屋だから大丈夫。

――逆に欠点は？

粕川 お店がないことですかね。「どこにあるの？」とか「ネットでやっているんですか？」ってよく聞かれるんです。説明が難しいですよね。

――月に支店を出したり、「メンズノンノ」誌上に支店を出したりされていますが、次はどこに支店を出されるんですか？

粕川 東京都内で配布されているフリー冊子に、五月から連載としてお店を出します。ちょうど今日、原稿を送りました。

――この三月は「本のフェス」「イカナイト4」に加えて原稿の締め切りもあり、すごく過密スケジュールですよね。

粕川 スケジュール調整がうまくできていないのが、私たちのダメなところなんです（笑）

――四月以降で決まっているお仕事はありますか？

粕川 「ロフトごはんフェス」に参加することになりました。出店者を公募するんですけど、まずはその審査員をやらせて頂きます。

――最近、ごはん系の仕事が多いですよね。

粕川　ブームなんです。私たちの決め事で、私とバイトちゃんが二人とも楽しいと思うことをやる、というルールがあって、私たちの今のブームがごはんと少女マンガなんです。二人でブームを持ち寄って、「それおもしろそう！」って共感し合うところからすべての仕事がはじまるんです。

本とか本屋さんの楽しみ方をみんなに知ってほしい

――いか文庫の活動目的はありますか？

粕川　「ない」って言ったら怒られるかもしれないですけど。大それたことは考えていなくて、ただ単純に本の面白さとか本屋の楽しさをいろんな人たちと共有したいというのはあります。本とか本屋さんの楽しみ方をみんなに知ってほしいという、ただそれだけですね。あ、あと「イカ」についても。

――本の業界にいると勘違いしがちなんですが、本屋に来る習慣がない人ってとてもたくさんいると思うんですよ。そういう人たちに本や本屋の魅力を伝えるのはとても大切なことだと思うんです。本屋の現場で頑張ることはすごく貴いことなんですが、本屋に来ない人にアプローチする方法も考えないといけないと思うんです。そういう意味で言うと、今後のキーポイントは、版元でも本屋でも読者でもなくて、「版元・本屋」と「読者」との間にいる、どちらでもない存在だと思っていて、それがいか文庫なのかなと。いか文庫ファンには本好きじゃない人もいますよね？

粕川　実際のところ、本好きな方が多いです。でも、Twitterでも本のことをつぶやく方が反響は大きいので。でも、自分たちが主催しているイベント「イカナイト」をやったときに、普段本を読まない友人が本を買ってくれたことがあったんです。そのときは鳥肌が立つほど嬉しくて、そういうのが増えたらいいなと思いました。あとは最近、「ごはんフェス」のような本以外のお仕事をいただくことが増えているんですけど、それはエア本屋だから関心を持ってもらえているのかなとも思います。それと以前、「自分をつくる学校」という、本業界とはまったく別の業界のイベントにゲストで呼ばれたことがあったんですけど、そのときの反響がすごく大きかったんですよ。本が好きで集まっている人たちではないのに、すごく興味を持ってくれて。そこから、本業界ではないところでやる仕事も重要かもしれないと思いました。

――「本音のフェス」も本は読まないけど音楽は好きという人が本に興味を持つ可能性がありますよね。

粕川　そこはすごく気にしています。本と音楽ってすごく親和性が高いので。私の周りに音楽好きの本業界の人が多くて、「本音のフェス」は絶対にうまくいくだろうと思っていました。

――いか文庫の活動にゴールはありますか？

粕川 ないんですよね。楽しいことを本気で、仕事としてきちんとやりたいという理想像みたいなものはあるんですけど。それと私、来年になったら東京を離れるんですよ。

――え、そうなんですか？

粕川 地元の山形に戻って、実家のスポーツ店を手伝う予定なんです。でも、いか文庫の活動は続けていきます。いろいろと変化したいなと思っているんです。戻る理由はほかにもいろいろあるんですが……。

――場所が変わっても続けていけるというのがエア本屋ならではですね。

粕川 そうなんですよ。友人から「山形に戻ったら、いか文庫の活動はどうするの？」ってよく聞かれるんですけど、「でも、エアだからさぁ」って言うと、「あぁ、そうだね」って納得してくれます。

――（笑）

「考える前に動く」というのは大事だなと思います

――「これからの本屋」のあるべき姿や、「これからの本屋」が求められていることは何か、粕川さんのお考えをお聞かせください。

粕川　本って、すごくいろんなことを教えてくれるじゃないですか。ときには人生を変えてしまうことだってあるし。そういう体験をもっといろんな人たちに教えてあげられたらと思います。私が本の面白さに気づいたきっかけは高校の図書館で出会った一冊の本なんです。当時はこの本好きだなあと思いながら読んでいただけだったんですけど、後々ヴィレッジヴァンガードで働くようになったときに「私のターニングポイントってあそこだったんだ」って気がついたんです。私が本に執着するようになったのは、あのときのあの本の影響なんだって。

――後から気がついたというのがおもしろいですね。

粕川　それと、本は数珠繋ぎになるおもしろさや魅力がありますよね。それをいろんな人に伝えたいです。この作家とこの作家は仲が悪くてとか、この詩人とこの詩人にはこういうエピソードがあってとか。調べれば調べるほど楽しくなってくるじゃないですか。本屋は、そういう興味や関心がわくような場所であってほしい。

――「わからん詩朗読会」（P31）でそういうことをやられていますよね。そういうのもエア本屋だからこその企画ですね。

粕川　そうですね。ある詩人を取り上げて、その方の詩がのちに、ミュージシャンによって歌われるようになって……というのを、詩の朗読と曲を聴くということで味わう、という企画もやりました。それと、「いか文庫新聞」の中でも本と音楽を一緒に紹介したりしています。『どぶがわ』というマンガの中で「私の青空」を歌う場面があるんですけど、この二つを一緒に紹介することで、目で見ているものを耳で聞けるようになったり、耳で聞いているものを目で見られるようになったりするから、よりリアルになると思うんですよね。

――本を読まない人にとって、本は紙の束でしかないと思うんですけど、それが実際のモノとか音とかに変換可能であれば、本に興味を持ってもらえるかもしれないし。そういう提案の仕方を模索するのも本屋の仕事かもしれないですね。これから本屋で働いてみたい人や本屋をしたい若い人に何かアドバイスはありますか？

粕川　上司の受け売りですが、「考える前に動く」というのは大事だなと実感しています。私自身本当はすごくネガティブで、よく考え込んだり落ち込んだりするんですけど、考えている時間を一歩踏み出す方に持っていくと、意外と開けていくことがあるんです。無理だと思うことでも、ダメもとでやってみるのは重要かなと思います。もちろん痛い目に遭うこともあるんですけど、それはそれで経験として次にいかせばいいので。

――よくわかります。僕自身も考えて考えてやらないよりは、とりあえずやってみようと思うんですよね。考えているだけでやらないのって、考えていないのと一緒じゃないですか。それに、やっているうちに考えている以上のことができることもありますよね。

粕川 それはすごくありますね。それに、なんでも自分でやらなきゃって思いがちなんですけど、自分でできることには限界があるし、必死そうにしていると「ちょっと、大丈夫？」って周りが手を差し伸べてくれますよね。だから、自分だけであまり深く考えないで、動いた方が楽しいよって。

――周りが助けてくれるのも、粕川さんが引き寄せているんだと思いますよ。楽しいことがやりたいって思って動いていると、いい意味で周りが巻き込まれていくような気がします。

粕川 周りが応援してくれるのは本当にありがたいです。私は感謝しないといけない人が多すぎて、どうしようっていつも思っています。

――少しわかります。僕も足を向けて寝られない方角が多すぎて、体育座りをして寝ないといけない感じなので。

粕川 私はもはや寝られないですね。寝ちゃいけないレベルに来ています（笑）

2012

▼6月 「イカナイト1」開催

▼6月 「いか文庫新聞」第1号 発行

▼8月 初のリアル書店フェア at BOOKSルーエ

▼12月 紀伊國屋書店新宿本店「いか文庫的新宿本」

2013

▼2月 紀伊國屋さん de「いか文庫マルシェ」

▼3月 いか文庫 presents「かっこいいおじさんの書斎」at SPBS

▼3月 小田急線～渋谷の本屋をジャック!?「いか文庫スタンプラリー」

▼4月 あゆみBOOKS荻窪店「聖地」フェア

▼5月 雑誌上にお店をオープン（メンズノンノ6月号）

▼6月 いか文庫×ヴィレッジヴァンガード「深海」フェア

▼7月 ダイオウイカパブリックビューイング

▼9月 ジュンク堂池袋本店「いか文庫の本棚」フェア

▼11月 いか文庫の文化祭 at 6次元

2014

▼3月 「月支店」オープン

▼5月 「月刊HMV・ローソンチケット」連載開始

▼6月 「本音のフェス」フェア開催 at パルコブックセンター渋谷店

いか文庫新聞

不定期で発行。本や本屋の話題を主としつつ、イカやそれ以外の記事も掲載。

イカナイト

人と人、人と本が繋がること＝「イカリング」の拡張を目的に、いか文庫の活動報告やワークショップ、グッズ販売などを行う。

雑誌上にお店をオープン（メンズノンノ）

どこにあるかわからないけどどこかにある本屋さんがメンズノンノ誌上に。本屋さんにある本の中にある本屋さん。

すごくエアっぽい。

「月支店」開店

月に「土地」を購入し開店した。

本と音楽のフェス「本音のフェス」開催

クラウドファンディングで150万円集めて、本と音楽を一緒に楽しむためのフェス「本音のフェス」を開催。

いか文庫 活動の歴史

1日限定！正社員を100人募集

Twitter かFacebookで「＃いか文庫社員」を付けて、テーマに合わせたオススメ本をつぶやくと、その日に限り正社員になれる。

▼10月 at BOOKSルーエ
at ヴィレッジヴァンガード下北沢店
at 紀伊國屋新宿本店

2015

▼3月 1日限定！正社員を約100人募集

▼3月 「ひみつのイカ園」フェア at ヴィレッジヴァンガード町田ルミネ店

▼4月 「全然わからん詩朗読会」vol.1

▼7月 本の学校 今井ブックセンター×いか文庫コラボフェア「学校へイカう！」

▼9月 いか文庫の京都ツアー
▼10月
at 立命館大学生協ふらっと
at 世界文庫
at 恵文社バンビオ店

▼10月 いか文庫フェア「イカしてるね！横浜！」
at 紀伊國屋書店横浜店
at 有隣堂たまプラーザ店

2016

▼3月 ”食堂いか文庫“で「本のフェス」出店

▼3月 「イカナイト4」at 荻窪・6次元

▼3月 文禄堂荻窪店「少女マンガFOR YOU」フェア

全然わからん詩朗読会

「わからん詩」を「わかる詩」に変えたいという思いからはじまった朗読会。

2 読み手側になった元本屋

福岡 宏泰（海文堂書店 元店長）

海の本屋

神戸の元町に海文堂書店という本屋があった。神戸で生まれ育ったぼくにとって、本屋といえばジュンク堂書店か海文堂書店だった。就職活動を終えた大学四年生の頃、本屋でアルバイトがしたいと思っていたとき、たまたま海文堂で学生アルバイト募集の貼り紙を見かけ働くことになった。

ほんの八ヶ月間の海文堂でのアルバイトがぼくにとって何か特別な時間だったのかと問われるとよくわからない。けれど、二〇一三年に閉店が決まったときはなんとも言えない変な気持ちになって、一日中ため息ばかりついて過ごした。悲しいとか残念とかそういう気持ちでは決してなく、どちらかというと怒りに近いような感情だった。とても理不尽な出来事だと思った。

その日の夜は床についても寝つけなかった。何度も寝返りを打つうちに眠ることをあきらめてしまい、結局ベッドを抜け出して真夜中に手紙を書きはじめた。どんな内容の手紙を書いたのか思い出すことはできないけれど、福岡店長から届いた返信にはぼくの書いた手紙が「閉店発表後、一番早く届いたお便りでした」と書いてあった。返信が届いたのは閉店後のことで、手紙には約十一万冊の店内在庫の返品作業を終え、十月十五日付で全従業員が解雇・退職となったと記されていた。海文堂は本当に閉店してしまった。

売る幸せと読む幸せ

学生アルバイトの仕事はレジだけで、お客さんからの商品の問合せはすべて社員の方がいる中央カウンターへ案内することになっていた。この中央カウンターでは、商品の問合せや在庫の確認、検定の申込などができるのだけれど、それだけではなく店員とお客さんとの交流の場所にもなっていた。ぼくはこの中央カウンターの光景がとても好きだった。

従業員の方々はみんないきいきと働いていて、自分の棚にありったけの愛情を注いでいるように見えた。自分も将来はこういう仕事人になりたいなと思っていた。

大学の卒業が近づき、海文堂でのアルバイトを辞めるとき、ぼくは福岡店長に一通の手紙を書いた。その返信でいただいた葉書にはこう書いてあった。「私が今までに出会ったことがない、本の話ができる取次人になってください」。皮肉とも受けとれる文面かもしれなかったけれど、ぼくは素直に「本の話ができる取次人になろう」と心に誓った。

あれから十年が経つ。本の話ができる取次人になれたのかどうか、実際のところよくわからない。取次人でありながら本屋でもあるという妙な立ち位置にいながらも、毎日お客さんに本を手渡している。けれど、ぼくは自分のことを「本屋」だと胸を張って言うことができない。自分が本屋であるためには、決定的に何かが欠落しているように思えてならない。何が欠落しているのかぼんやりとわかりつつあるのだけれど、それをうまく言葉で説明することができない。

ぼくは本屋以外の仕事をしたくない。けれど、どのようにして本屋として生きていくべきなのかはっきりとしていない。福岡店長はどうだったのだろう、とふと思った。どのような本屋人生を送ってきたのだろう。そして、海文堂なき今、どのようにして本と生きているのだろう。

閉店二ヵ月後の二〇一三年十一月、福岡店長から届いた葉書には退職の挨拶が書かれていた。「売る側から読む身となりました。読む幸せ――」。福岡店長は、平野さん（海文堂書店の人文書担当・平野義昌氏）の著書『海の本屋のはなし―海文堂書店の記憶と記録』（苦楽堂）にも記されているように、昔から古本屋を営みたいと思っていたようだ。しかし、二〇一〇年に蔵書の多くを海文堂で売りさばき、その後何軒かの古本屋さんに大半の蔵書を引き取ってもらった後は、自宅に残った本は本棚一本分だけだという。もう古本屋をしたいという気持ちは残っていないのだろうか。

福岡店長から届いた葉書を読んでから、ずっと一つのことを考えていた。

それは、本を売る側と本を読む側、どちらが幸せなのだろう、ということだ。きっとどちらも幸せなのだと思う。それに、福岡店長も平野さんも、売る側から読む側に変わったところで、ずっと本屋であり続けているような気がする。おそらく二人とも、死ぬまで本屋なのだ。

本を売る側ではなくなり、本を読む側になった福岡店長が一生本屋であり続け、今着実に本を売る側にいるぼくが自分自身のことを本屋だと思えていないのはどうしてだろう。ぼくは一体いつになったら本屋になれるのだろう。そんなことを考えていると暗い気持ちになる。

ぼくは福岡店長とお話がしたくなった。今までの本屋人生について聞いてみたいのはもちろんだけれど、それよりも売る側ではなくなってからの二年半のことや、これからのことを聞いてみたかった。読む側になった福岡店長はどのような日々を過ごしているのだろうか。本を売り続け、お客さんとともにあった売る側の頃とくらべて、どのような心境の変化があったのだろうか。本とどのように寄り添って生きているのだろうか。

——— INTERVIEW

福岡 宏泰

（海文堂書店 元店長）

一番強いのは読者なんやなと。わがままで気ままで

――大学を卒業するときに海文堂を辞めて、もう十年になりました。

福岡　二〇〇五年の七月に入ってきて、二〇〇六年の三月に卒業しているから、八ヶ月くらいしかいなかったのかな。北田君の後輩にも大阪屋に入った学生アルバイトさんがいて、大阪屋はいいなぁって思っていた。私は取次さんがあんまり好きじゃなかったんやけど（笑）

――そうですよね。「取次なんかに入社しやがって」みたいな感じがあったような気がします（笑）

福岡　小さい本屋で安月給で働くより安定はしているから。それで、あれよあれよという間にリーディングスタイルの立ち上げに入っていって。送ってくれた写真とか見ていると、すごくスタイリッシュなセレクトショップで、泥臭い海文堂とは全然違う（笑）

――大学四年生で海文堂を卒業するときに福岡店長に手紙を書いたんですけど、そのお返事で頂いた葉書に「私が今までに出会ったことがない、本の話ができる取次人になってください」って書いてあって。

福岡　はぁ、そうなんや。よっぽど取次が嫌いやったんやね。

――（笑）海文堂が閉店してからのことを伺いたいのですが、毎日どのように過ごさ

れているんですか？

福岡 私は網干《あぼし》という地方の小さな町に住んでいるんですけど、私の生まれ育った実家はもっと田舎で、岡山県境に近い佐用町というところなんです。私の父親が五十歳で亡くなって、それからずっと空き家になっていて、「あの田舎の家をなんとかせなあかん」と働きながらずっと思っていたんですね。で、海文堂が閉店になって。考え方を変えてみると、やっと空き家をなんとかできる時がきたなと思って。閉店から一年半くらいの間は田舎の家の片付けをし、お金はかかったんですがリフォームをしてもらって、誰かに借りてもらおうかなと思ったんです。去年の十一月からやっと借り手が見つかって、住んで下さっているんです。会社都合の閉店だったので一年間失業手当が出たこともあって、一年間働かずに田舎の空き家の片付けやリフォームに立ち会えたんです。それで、あっという間に一年が経って失業手当が切れることになり、働かないといけないなと思っていて。一昨年の十二月から、海文堂の前の店長の小林さんにマンション管理員の仕事を紹介してもらい、今は週に三日働いています。平野さんも別のマンションで同じ仕事をしています。週に四日は休みなんですが、カミさんがフルタイムで働いているので、マンション管理員兼主夫業をやっています。今日もちゃんと洗濯物を干してきました（笑）

――そうなんですね。

福岡　カミさんはもうすぐ定年なんですけど、定年前って忙しいみたいで昨日も帰ってきたのが十一時くらい。だから、晩ご飯はちゃんと毎晩用意しています。今日もこの中に（リュックの中に）スーパーで買ってきた今晩のおかずが。

――すごいですね。

福岡　海文堂のときは終業時間まで店にいないといけなかったし、その後飲みに行ったりもしていたんで、ほんまめちゃくちゃな生活やったんですよ。それが二十八年半続いたんで。

――閉店の際に葉書を頂いて、そこに「売る側から読む身となりました。読む幸せ――」と書いてあったんですが、本を売る立場から読む立場に変わられて、何か心境の変化はありましたか？

福岡　書店にいたときは、業界内で出版社・取次・書店の三位一体と言っていて、どこが一番強いのかなと思っていて。で、書店を辞めて気づいたんですけど、もう一者いるんですよね。読み手なんです。読者なんですよね。一応、毎日読者を相手にして本屋で働いていたんですけど、ほんまに読者のことが見えていたのかなと思って。今、完全に読む側になっているけど、業界三者のうちどこが一番強いのかということではなくて、一番強いのは読者なんやなと。わがままで気ままで。今の私がそうなんですけどね（笑）

――なるほど（笑）

福岡　私は一九八五年に海文堂に入ったんですけど、神戸の震災の一年後か二年後が出版物の売上のピークで、そこから今は三分の二くらいになっているのかな。

――一兆五千億円くらいにまで落ちました。

福岡　私が店長になった二〇〇〇年にAmazonが日本に上陸して、急速にインターネットが広がっていって。北田君の世代は「失われた二十年」世代だと思うけど、賃金も低くて大変だと思うし、なかなか本にお金を回せるような経済的な状況ではないと思うんですよ。私が週に三日、マンション管理員の仕事でいくら稼いでいるかというと、月に手取りで七〜八万円程度なんですね。本代にどれだけお金を使っているかなんて恥ずかしくて言えないくらいですよ。本屋に勤めていたら、読めないだろうなと思う本とかでも、検品して出てきたら「これは買っとかなあかん」となって、少ない小遣いながらもたくさん買っていたんですけど。今は姫路からまだ西の田舎町に住んでいるんで、そもそも本屋がないんですね。姫路に出てきたときにジュンク堂さんと古本屋さんを二、三軒まわったり、神戸に飲みに出たときにジュンク堂さんや、トンカ書店さん、うみねこ堂書林さんといった何軒かの古本屋さんをまわるのが時々の楽しみでね。なので、悪いけど本はあんまり買ってない（笑）

――本を読む量は極端に減りましたか？

福岡　減っていますね。仕事がない日は昼から「金麦」飲んで昼寝したりして。

――(笑)読む気分的には、本の売り手だった頃に本を読むのと、本を売る商売から離れて本を読むのって、何か変化はありましたか？

福岡　あんまりベストセラーで並んでいる本は前から関心がなかったんで。読みたい嗜好みたいなのは全然変わっていないですね。昔でいうと小林信彦とか山田風太郎とか、今読んでいるのは西村賢太とか。髙田郁さんはまた〝別格〟やけど(笑)。勝手気ままに読んでいますね。

本をたくさん持っていたり読んでいたりすることだけが偉いんかなと思ったんです

――お父様が五十歳で亡くなられたというのもあり、福岡さんが五十歳をすこし超えた二〇一〇年に「身辺整理」と称して二千冊の蔵書を海文堂で均一販売されていたと思うんですが、あれはどういった心境だったんですか？

福岡　それも実家のことと関係していて、父親が亡くなってから三十年近く空き家にしていたんですけど、買った本がある程度たまると車で実家に運んで、応接間に放り込んでいたんですよ。で、ある日実家に帰ると、応接間の本の半分くらいが雨漏りで濡れてしまって、ひどいものだとカビが真っ黒に生えていて。いつか退職して時間ができたら読もうと思って置いていたんやけど。それを見たときに、本をためるだけって、どんな意味があるのかなと思って。実際の作業として、雨に濡れてカビが生えた本を軽トラックに積み、クリーンセンターへ運んで捨てなあかんかったんですよ。これだけ一生懸命集めた好きな本や読みたかった本を、自分自身がゴミとして出しているというのがたまらなくて。そういうのもあって、本をたくさん持っていたり読んでいたりすることだけが偉いんかなと思ったんですよ。それやったら、海文堂で百円均一で販売して、誰かに読んでもらったらいいんちゃうかなと思って。結局今は、本棚一本分だけ残しています。西村賢太なんかも、また読んだらブックオフに出すと思うし。もうあまりモノは持ちたくない。

――逆に残った棚一本分の本が気になりますね。

福岡　そうでしょ。ただね、案外「なんでこんな本を残したんかな」って感じのも多いんですよ。ものすごい量の本を処分したので。一冊一冊どれを残そうなんて考えていたら処分できないですよ。今は棚一本だけになっているけど、別に支障はないです。もう一回読みたい本は図書館で借りればいいですから。だから、悪いけど今はブックオフと図書館ですよ。あれだけ「図書館は身銭が飛び交わないところや」とか「新古書店なんて……」と自分が言っていたのにコロッと変わりました。節操がない（笑）

——（笑）

福岡　経済的な状況もあるじゃないですか。人によったら「一冊でも新刊書店から買わないといけないな」と思う人もいるやろうけど、私はもうコロッと転向しましたんで。この本の趣旨に沿わない人間になってしまっている（笑）

——ありのままのお話が聞きたいので（笑）　ずっと古本屋経営を志望されていて、古物の売買の免許を取得して、屋号まで決めていたと思うのですが、もう本を売る気は一切ないのでしょうか？

福岡　二〇〇〇年過ぎたくらいからかなり売上が落ちてきて、最後の方はほんとにしんどかったですね。本は売れないし、経営者からはチクチク言われるしね。北田君はそんなことないと思うけど。言われるか？

——言われますね（笑）

福岡　チクチク言いやがってってね。なので、ちょっともうしんどかった。ちょっと休みたいなと。それと、海文堂が閉店になったとき私は五十五歳だったんですよ。現実の話として、新刊書店に入るというのは年齢的にも無理じゃないですか。海文堂から新刊書店に移れたのは四人だけやったんですよ。みんな二十代から四十代。そのうちの一人が働いている書店を訪ねて、こないだ平野さんと一緒に会いに行ってきたけどね。「ちゃんと働けよー。私らは週三日やけどー」って。

――（笑）

福岡 だから、新刊書店はまず難しい。古本屋もちょうど北田君くらいの三十代のときかな、古物商とって屋号を何にしようか考えていたのは。二十二歳で大学を卒業して、五年間元町の農業会館で働いて、二十七歳で海文堂に入社したんやけど、それまで古本屋さんにはあまり興味がなかった。小林信彦がすごく読みたくて、絶版になっている本を探したいと思って古本屋さんをまわりはじめたのがきっかけで、新刊屋よりも古本屋の方が好きになってきた。そのうちに自分で古本屋をやりたいなと思うようになって。「いつかやったるで！」みたいな。まだやる気満々やった。ちょうど三十代くらいのとき。それから二十年経ったら……疲れてきてね（笑）本屋やってるとしんどいよね。儲からへんし。長いこと働いたし、ちょっと休もうと思って。あんなにしんどい思いをして、閉店に立ち会った後、すぐ本の仕事をするのは考えられなかった。

従業員みんなが棚の話よりもお客さんの話ばかりしていた

――一九九五年の阪神大震災、二〇〇〇年のAmazon上陸など、いろいろな経験をされているかと思うのですが、二十八年間海文堂で過ごされた中で、良かったことと辛かったことを教えてください。

福岡　良かったことはね、平野さんも著書で書いてくれていたんですけど、お客さんと話をいっぱいできたことですね。平野さんの本の帯にも書かれているけど、「本の話よりも、棚の話よりも、だれもが皆『お客さまとの思い出』を語った」って。私にしろ平野さんにしろ、それぞれの店員が「私のあの人」っていうお客さんを持っていて、話ができていた。ありがたいことに、閉店から二年半になるんですけど、今でもお客さんとのつながりがあります。お客さんという名の読者とつながりを持てた書店員でいられたのは良かった点です。

しんどかったことは……。店長になるまではおもしろかったんですよ。いろいろな経緯があって、前の店長の小林さんと前の社長の島田さんとが一緒に辞めて、どういうわけか私にお鉢が回ってきたんです。次々と同僚の先輩方も辞めていって、新しい方に入ってもらっても次々辞めていく状況で。いち書店員として自分の棚だけを触っていられる状況じゃなくなってからはしんどかったですね。今の北田君と同じ三十代の頃が一番楽しかったですね。四十代のはじめ、店長になりたての頃はキツかった。

――北田君ももうすぐ……。

僕ももうすぐ終わりですかね（笑）

福岡　そういう意味じゃないけど（笑）。今が一番いいときやと思う。私が三十二歳の頃はビジネス書をやっていたかな。すごく売れていたんですよ。ビジネス書自体になんの興味もないんですけど、仕入れた本が売れていくのは書店員の一つの楽しみじゃないですか。その次が憧れの文芸書担当になって、ますますおもしろくなっていった。その時は店長ではないし気が楽だった。今の北田君は新店の立ち上げとか、もちろん店長も兼ねているし、三十二歳にしてしんどいところもわかっていると思うけど。私の場合は四十歳過ぎてから店長をやれと言われるまでは、本のことだけ、お客さんのことだけを考えていればよかったから。当時は家のことより海文堂で働いていることの方を大事にしていたから。そのツケが回ってきてうちの息子たちは本を読まなくなった（笑）

みんな惜しんでくれるんですけど、ほんま普通の本屋やったんですよ、海文堂って

——閉店時の挨拶で「ネットは便利なんですけど、まだ町に残って頑張っているリアル書店を使ってあげてください。でないと、この国から本屋というものがなくなってしまいます」と仰っていたと思うのですが、一部のネット書店利用者から反論があったようですね。僕は便利だというだけでネット書店しか使わない人は可哀想な人たちだと思っているんです。

福岡 今、マンション管理員として居住者さんというお客さんを相手に仕事をしていて、本屋で接客をしていたことがすごく役立っているんですよ。お客さんが読者から居住者さんに変わっただけで、人を相手に働いているのは一緒やなと思って。北田君が可哀想やなって言ったけど、ネット書店で働いている人はメールで注文がきて、その本を棚から抜いて、梱包して発送しているだけで、リアルな人と接していないという意味で可哀想かもしれない。

私はパソコンもインターネットも使わないし、もちろんネットで本を買ったこともない。本を買うのは新古書店でもなんでもいいんやけど、人が働いているところで買う。今、電車での通勤時間が三十五分くらいあるんですけど、みんなスマホばっかり使っていて、私だけですよ、新聞ばーっと開いているのは。閉店をきっかけに余計、ネット的なるものを心底嫌いになったという感じです。今の私の生活は「昭和」のレベルですね。朝刊と夕刊を読んで、好きな本を読んで、洗濯物をおひさんに干して、コンビニは嫌いやからスーパーで買った食材を自分で料理して。そんな感じ。

本屋さんにしても、今は店の人と話せるのは古本屋さんですよ。大型書店に行ってもみんな殺気立って働いているから話しかけられないし。これは夢想で、絶対に無理なのはわかっているけど、東京に往来堂さんってありますね、ああいうお店がそれぞれの町にあって、そこで店主さんと話をして、大型書店に行ったら山積みのようにある本をわざわざそこで買うんです。Amazon みたいに翌日届かなくてもいいし、三週間くらいかかってもいいから、「楽しみに待ってますよー」って。
――すごくよくわかります。僕は荻窪というところに住んでいて、最近 Title（P136）という新刊書店ができたんですが、最近ほしい新刊本はそこでしか買わないんです。大型書店や Amazon ですぐに手に入るのはわかっていても、わざわざ Title で注文をお願いして入荷したら買いに行く。本だけは自分の好きなお店で買いたいので。本屋って「場所」というよりは「人」をさす言葉なのかなと思うことがあって、本を買いに行くというよりは、店主に会いに行くというのが大きいんです。

福岡　そういう人は奇特な人ですよ、今は。中原さん（本書デザイン担当）は神戸の海文堂は知らないですよね？

中原　存在は知っていたんですけど、足を運んだことはないです。うちはおじいちゃんが和歌山で小さな本屋をやっていたんです。おばあちゃんの弟も大阪で今も本屋をやっていて。和歌山に帰ったときに、おじいちゃんの書斎に入ると、海文堂のブックカバーがかかった本があるんですよ。

福岡　そうですか。おじいさんも神戸に来て海文堂で買ってくださったんやろうね。なんせ九十九年続いた本屋やから。百年一歩手前まで。みんな惜しんでくれるんですけど、ほんま普通の本屋やったんですよ、海文堂って。普通の本屋がなくなっただけで。すごく普通の本屋やったやんな？

――そうですね。けど、普通の本屋というのはなかなか難しいですよね。最高峰の普通の棚というか。言葉で表現するのは難しいですけど。夏葉社の島田さんが写真集を作ってくださったんですよね。

福岡　そうです。まさか出版社の人がなくなる本屋の写真集を作ってくれるなんて絶対にないですよ。だから、すごく嬉しくて。家の本棚は最後の一本になっているけど、島田さんの写真集はもちろん残しています。それと、閉店して二年半にもなるのに、今でも版元さんから声をかけてくれることがあるんです。「KOBECCO」という雑誌が平野さんの出した本を紹介してくださったり、私とうみねこ堂書林の野村さんとの「酒呑み対談」を掲載してくださったり。野村さんはもともと海文堂のお客さんで三十年近い付き合いなんです。書店員とお客さんとして付き合いがはじまったんですけど、今度は野村さんが海文堂の跡地の近くで古本屋をはじめて、私は海文堂を辞めて。三十年後にはそういう結末になってしまったけど。それに、石井さんがプレジデント社を辞めて神戸で苦楽堂という出版社をやるなんて思ってもみなかったけど、その石井さんが平野さんの本を出してくれましたし。版元さんにもお客さんにも恵まれた本屋やったというのが何より嬉しいですね。

――リアル書店の優位性は「人」であり「コミュニケーション」だと思うんです。その「人とのつながり」、熊木さん（海文堂書店の文芸書担当・熊木泰子氏）が言うところの「親戚付き合い」を大事にしてきた海文堂が閉店してしまったというのは、業界にとってかなりショックが大きかったと思うんです。リアル書店が生き残る方法はどこにあるんでしょうか。

福岡　これという方法があればやっているんでしょうけど、それがないんですよ。ないんやけど、私はやっぱりそれぞれの町にこういう本屋があればいいなと思う。前の小林店長が言っていたんです、本というものを間において人と人とをつなぐのが本屋なんですよ、って。それに尽きると思います。業界が厳しい状況で、海文堂が閉店して二年半の間にもっと大変なことになってきていると思うんです。暗い話ばかりというか……。

――本当に明るい話がないです。「これからの本屋」がどうあるべきかを考えたくてこの本を作ろうと思ったんですけど、利便性だけが価値ではないと思うんです。注文したら翌日に届くというような利便性よりも、もっと心地好い何かがあると思うので。僕は本を読むことよりも、本を売ることよりも、本と人との出会い方をデザインすることに幸せを感じるんです。今まで本を読まなかった人を本の世界に引きずり込むというか。普段本屋に行かない人って案外たくさんいると思うんです。本屋の現場で何かをするというより、本屋に来ない人を相手にしてみたいんです。本屋の現場で頑張ることはもちろん大事だけど、それだけだと本屋に来る人にしかアプローチできないので。本屋に足を運ぶ習慣がない人にアプローチをして、本屋に行ってもらえるような仕組みを考えたい。

福岡 そのあたり、やっぱり感覚が違う。年齢が二十五歳違うからね。私にはそういう発想はまったくなくて。小さい古本屋さんに入ったら、古本の匂いがして、店主がいて、本の話ができたり、本の話じゃない話ができたり。そういう本屋がいっぱい出てきてほしいなという願望止まりなんで。北田君が言っているような発想はないですよね。

――本を読まない人を本の世界に引きずり込むのは難しいですよね。これは日本特有なのかもしれないですけど、にわかファンを馬鹿にするような風潮があるじゃないですか。ワールドカップのときだけサッカーファンになるような人とか。でも、ファンというのは誰しもみんなにわかファンだった時期があるわけで。本好きだって、にわか本好きからちゃんとした本好きに移行すると思うんです。そこを深みにはまらせていくのが本屋の仕事というか、僕がやりたいことなんです。そこを無視していると、本好きだけを相手にしていると、本の売上はどんどん下がる一方だと思うので。

福岡 それは苦楽堂の石井さんも言っていて、『次の本へ』という本を出していますね。二冊出していて、一冊目はわりと本好きのための本になっていたから、二冊目はマンガとかも少し入れて、本好きだけの「次の本へ」にならないようにって。うちの息子は二人とも、本屋の店員の息子やのにほとんど本を読まないけど、そういう人を本の世界へ引っ張ってくるのはかなり難しいと思う。

本を媒介にして長く付き合える人を見つけられるような場所を作ってほしい

――明るい話題の少ない業界ですけど、本屋をやりたいという若い人はけっこう増えているような気がしています。何かアドバイスはありますか？

福岡　私が思うのは、また小林さんが言っていることと同じになってしまうけど、本を媒介にして長く付き合える人を見つけられるような場所を作ってほしいなと思いますよね。

――何か現役時代にやり残したことはありますか？

福岡　最後の方は「Amazonとの負け戦を戦っているんです」ってお客さんにも言っていたんです。「いずれ負けるんですけど、何とか最後、ごまめの歯軋りで戦っているんです」って。もうちょっと戦いたかったなというのはありますね。ただ、店長をやっていたとはいえ一従業員にすぎないんで、最後の経営者がそういう風に判断すると、もうそれに従うしかなかった。売上をちゃんと確保して、経営者にも「まだ続けるんや」という決断をさせなあかんかったんやけど、それができなかった。それは悔しかったです。あれだけたくさんのお客さんに惜しんでもらいながら、その気持ちに応えられ

なかったというのはね。
閉店から二年半が経って、今でも声をかけてもらって飲みにいくこともあるんやけど、海文堂のことを忘れてしまっている人の方がほとんどだと思うんですよ。それは当たり前のことなんでね。いつまでもなくなった本屋のことなんか考えていたら生きていけないんで。それは仕方がないことだと思う。けど、もうちょっと同僚と一緒に戦いたかった。

――なくなってから、元町商店街を通りたくなくなりました。

福岡　私もあの前を通らないようにしていたんです。でも、一度だけ入らざるをえなかったんですよ。「おとな旅・神戸」という企画があって、二〇一二年に亡くなられた切り絵作家の成田一徹さんがお好きだった神戸のバーとか居酒屋をめぐるツアーだったんですけど、私にも声がかかって。海文堂も成田さんに作品を切ってもらっているので、旧海文堂もツアーのコースに組み込まれていたから入らざるをえなかった。閉店から一年三ヶ月後くらいやったかな。「え、ここが元本屋やったんかな」みたいな感じで。ドラッグストアになってい

るから。化粧品の匂いがしていて。本の匂いがかすかに残っていないかなって、くんくんしてみたけど。全然残ってなかった（笑）

——通りの裏側に「1003《せんさん》」という古本屋ができましたよね。昨年末にはじめて伺いました。

福岡　このあいだ平野さんと飲みに行く途中に寄ってみたら定休日だったんですよ。「うみねこ堂書林」は行ったことありますか？　すぐ近くにあるけど。

——実はまだなんです。近々必ず伺おうと思います。最後にくだらないことを聞きたいのですが。自分の棺に一冊だけ本を入れてもらうとしたら、何を入れてもらいますか？

福岡　それは以前に平野さんとも話してたんやけど、「ほんまに」の創刊号（二〇〇六年発行）ですね。私がものすごく張り切って、巻頭特集で取次のトラック運転手さんを取材したんです。夜の十時に落ち合って、一晩トラックに乗せてもらって。運転手さんは自分の息子と同い年やったと思う。書店員は本屋に荷物が着いて、それを検品してから一日がはじまるけど、あの人たちは前の日の夕方くらいから一晩働いて、トラックであちこちの本屋に本を配達して、彼らの仕事が終わってから書店員の仕事がはじまるんです。本を運んでくれている人がいるから、我々は仕事ができるんです。それはまだ張り切っていた頃ですね。創刊号やから。

——（笑）

福岡　その後は平野さんとかに書いて書いてってお願いして。あの創刊号は忘れられないですね。「ほんまに」はすごく薄い雑誌だから、棺に入れてもすぐ燃えるからいいなぁ、って（笑）その「ほんまに」の創刊号は品切れなので、どこかの古本屋さんで見つけてください。

――それは難しいですね。逆に、北田君が棺に一冊入れるならどんな本にする？

福岡　自分のことは考えてなかったです（笑）でも、やっぱり小説ですかね。一冊と言われると難しいです。ずっと好きなのは小沼丹ですけど。いっぱい入れたくなります。

福岡　あんまり入れたら嫌われるで。燃えへんから。

――そうですね（笑）

福岡　その前段として、本棚一本だけ残すとしたら何を残すかかな。二百冊くらいはいけるので。部屋も本だらけ？

――実家にも置いていて、自分の住んでいる家には千二百冊くらいしかないです。今は本棚が五本と押入れに入れています。

福岡　実家の方はどうしてるの？

――部屋に放り込んでいるだけですね。

福岡　雨漏りせんように気をつけないと。めっちゃショックやから。

――気をつけます（笑）

3 夢の本棚住宅で暮らす

根岸 哲也

築五十年の木造建築を脅かす二万冊の本

四六時中本に囲まれて過ごしたい。本好きなら誰もが思うことかもしれない。とはいうものの、居住スペースには限りがあるし、増え続ける本が悩みの種だという人は多いはずだ。

根岸哲也さんの蔵書は二万冊以上。それなりの規模の本屋が営めるほどの量だ。いくら本好きとはいえ、二万冊以上の蔵書を抱えている人はそれほど多くはいない。旧家の六畳間には壁すべてにスチール本棚が並び、本棚の上部と天井との隙間にも本が押し込まれ、本棚に入りきらないたくさんの本は腰の高さくらいまで床に山積みされていたそうだ。

根岸さんの実家は米屋を営んでいた。旧家は木造建築の二階建て。一階部分には店舗と両親の居住スペースがあり、根岸さんは二階の六畳和室に住んでいた。大量の本は部屋の中にはおさまりきらず、廊下や階段にまで侵食していたという。

二〇〇四年のある夜、ベッドの下の床が軋む音で目が覚めた根岸さんは、このままでは階下で暮らす両親を圧死させてしまうと危機感をおぼえ、築五十年になる家の建て替えを決意。ネットや建築雑誌で情報収集し、依頼する建築家を慎重に選んだ。根岸さんの自宅を見た建築家に、「二階の六畳間が畳だったからある程度重さを吸収していたけど、もしもフローリングだったらバキッといっていたかもしれない……」と言われたというから冷や汗ものだ。

あらゆる場所に本棚が

建築家に依頼したのは、一階に両親の住居、二階・三階に根岸さんの住居を構える二世帯住宅で、二階・三階の壁全面が本棚でできている「本棚住宅」の設計だった。二階・三階のリビングダイニングを本棚で埋め尽くすことと、料理をしながら友人と飲めるキッチンの設計にこだわったそうだ。

二年半を費やして完成した家は、吹き抜けのリビングダイニングの壁二面が天井まで造りつけの本棚になっているという夢のような空間。回廊のようになった三階も三方の壁がすべて造りつけの本棚になっている。建築家にリクエストし、キッチンにも本棚を付け加えてもらった。得意の料理に腕を振るう根岸さんの背後に、約百五十冊の料理本がズラリと並ぶ。入りきらない料理本は棚上部の吊り戸棚にぎっしりと詰め込まれている。

本棚の棚板は可動式ではなく固定式。上二段が文庫、中四段が単行本、最下段が雑誌用というようにあらかじめ棚の高さが決められている。最初からどこに何を置くのか決めておきたかったからだそうだ。

新居に招いた友人の反応は概ねよかったという。本好きにとっては一日中いても飽きることがない夢のような場所に違いない。夜の帳が下りる頃、周囲の暗がりの中で浮かび上がる根岸さんの本棚住宅は、人里離れた山小屋をどことなく連想させる落ち着いた空間になる。

すべての欲望を満たす家

根岸さんの家はどこを見渡しても本ばかり。二階の玄関を入ってすぐの廊下には映画の本がおさめられた本棚が三本。浴室へとつながる脱衣所にはお風呂で読む用の本が百冊程度用意されている。ジャンルは様々で最近購入した本がおさめられているようだ。二階には文芸書、文庫、新書、本の本、雑誌のバックナンバーなどが並ぶ。文庫は岩波文庫、講談社文芸文庫、ちくま文庫、旺文社文庫、講談社学術文庫、福武文庫などがレーベル別で並んでおり、それ以外のものは著者の五十音順になっている。まるで古本屋の棚のようだ。

上林暁、木山捷平、小沼丹、尾崎一雄、永井龍男、藤枝静男などの本が北西側の窓を隠してしまうほどに積み上げられている。片岡義男、小林信彦、山田風太郎、都筑道夫など、好きな作家の本ほど揃えている冊数が多いようだ。本棚に入りきらない本は畳の上に積み上げられているが、それでも置くところがなくなれば「地獄部屋」と呼ばれる洋室に放り込む。地獄部屋には棚に入りきらなかった本が足場もないほどおさめられている。

三階にはキャットウォークのような回廊があり、本棚が三方の壁を覆っている。二階のリビングが吹き抜けになっているため、上から二階の本棚が並ぶ様子を見渡すことができる。三階には、文庫とエンタメ小説、海外文学などが並ぶ。「本の雑誌」のバックナンバーが棚一本分もあり、背表紙が茶色く変色しているものも多い。古本屋で買い集めたものではなく、当時からリアルタイムで読んでいたものらしい。ホールには机があり、二階の様子が一望できる。寝室は見せてもらえなかったが、やはりベッドの周りにうず高く本が積み上げられているらしい。

備え付けのプロジェクターもあり、百インチのスクリーンを下ろせば、いつでも自由に映画鑑賞を楽しめる。本だけではなく、映画や音楽までも楽しむことができる夢のような空間だ。

徹底解説！根岸家の本棚

2階

上３段が文庫用、中５段が単行本用、最下段が雑誌用とあらかじめ高さが決められている。

□６段目〜７段目
俳句の本がなんと2段分も。根岸さんご自身も俳句を詠まれるとのこと。

□7段目〜８段目
小林信彦がズラリ1.5段分。
山田太一はなんと２段分。

□上３段
ここから文庫の著者50音順がスタート。鮎川哲也が約40冊。角川文庫のものがたくさん。

料理が得意な根岸さん。キッチンにも本棚があり、レシピ本を中心に約150冊が並ぶ。入りきらない本は吊り戸棚に収納されている。

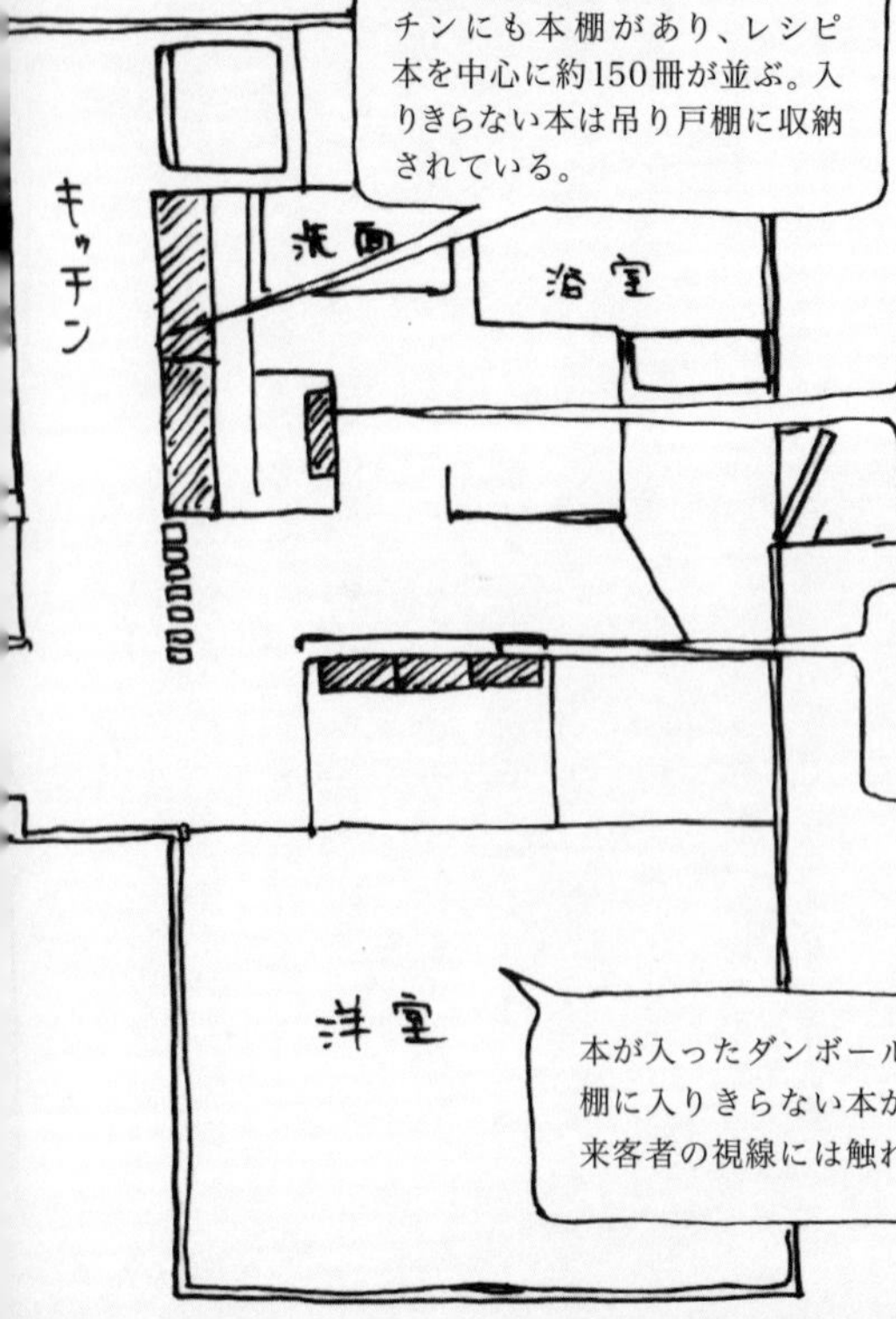

浴室へと続く脱衣所にも本が100冊ほど。お風呂で読む用の本がズラリと並んでいる。ジャンルは様々。

玄関入ってすぐの廊下に本棚が。３本分すべて映画の本。
川本三郎の映画本が２段分。

本が入ったダンボール箱や、
棚に入りきらない本が大量に放り込まれている。
来客者の視線には触れない場所。通称「地獄部屋」。

□上3段
旺文社文庫、福武文庫、講談社学術文庫が並ぶ。古本屋の棚のよう。中公文庫、河出文庫もたくさん。

□4段目～5段目
日本文芸の50音順が続く。加賀乙彦、金井美恵子、小島信夫、後藤明生。テンションが上がるラインアップ

□4段目
庄野潤三だけで棚1.5段分。どんだけー。

□4段目～5段目
このあたりから日本文芸の著者50音順がスタート。
石田千はほぼ網羅されている。

□4段目～5段目
片岡義男が1.5段分。
そして、ポプラ社「百年文庫」が約70冊。

□下3段
新書がレーベルごとにズラリ。収納スペースが足りていない様子。

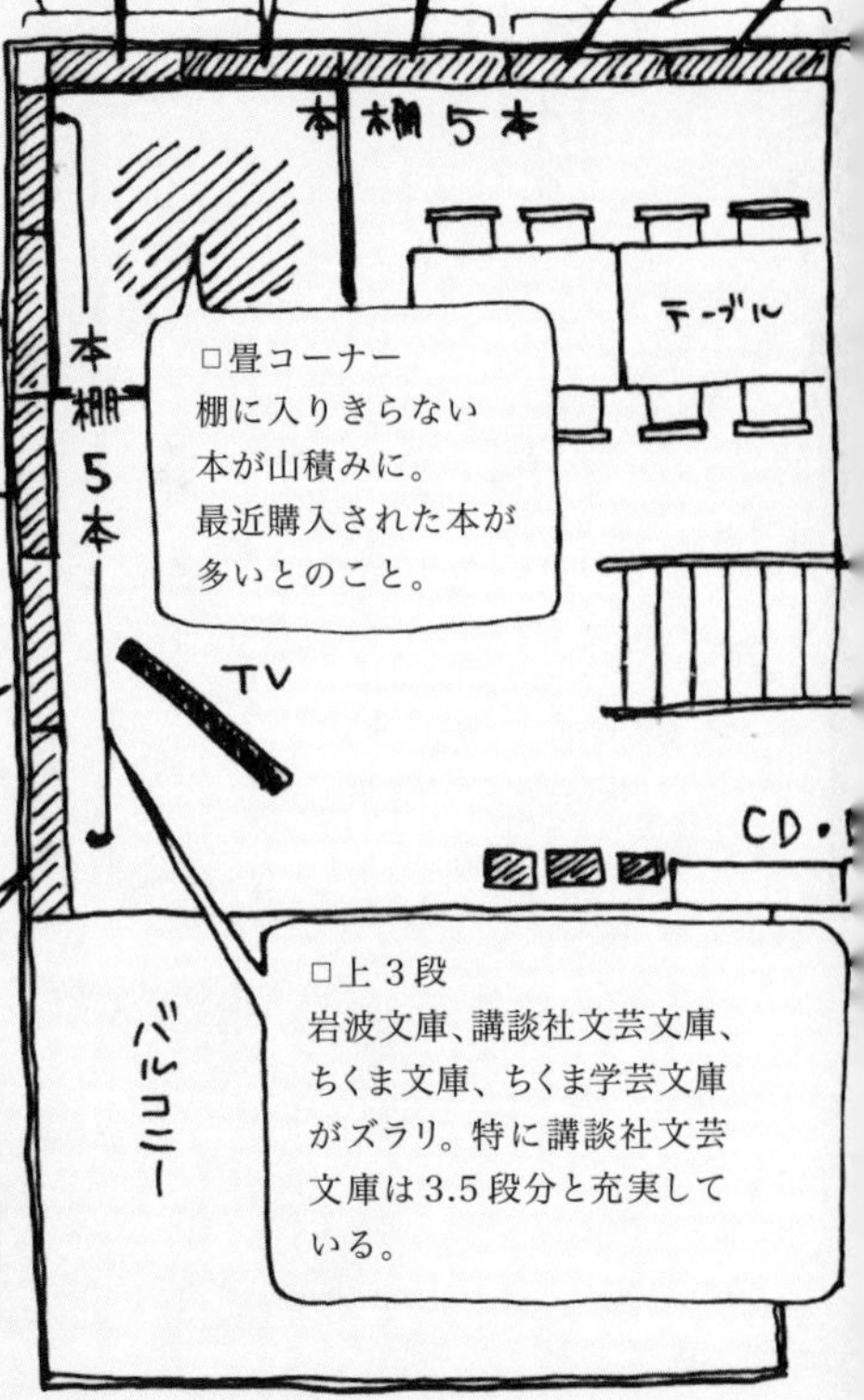

□畳コーナー
棚に入りきらない本が山積みに。
最近購入された本が多いとのこと。

□4段目～5段目
窓を塞ぐ本の山が。上林暁の全集、木山捷平、小沼丹、尾崎一雄、永井龍男、藤枝静男などなど。ぼくの大好きな作家ばかり。

□4段目～8段目
「本の本」が大量に。並みの本屋よりも充実の品揃え。本書もこの棚に入れてもらいたいところ。

□上3段
岩波文庫、講談社文芸文庫、ちくま文庫、ちくま学芸文庫がズラリ。特に講談社文芸文庫は3.5段分と充実している。

□4段目～6段目
「東京人」バックナンバー。からの、川本三郎どーん(1段分)。「彷書月刊」のバックナンバーもたくさん。

本棚を背にして机と椅子がある。階下を一望できる特等席。コックピットのよう。

「本の雑誌」のバックナンバーが大量に。創刊号から10号までを当時のまま復刻した「完全復刻版」もあり。ほぼ全号揃っているのでは…。

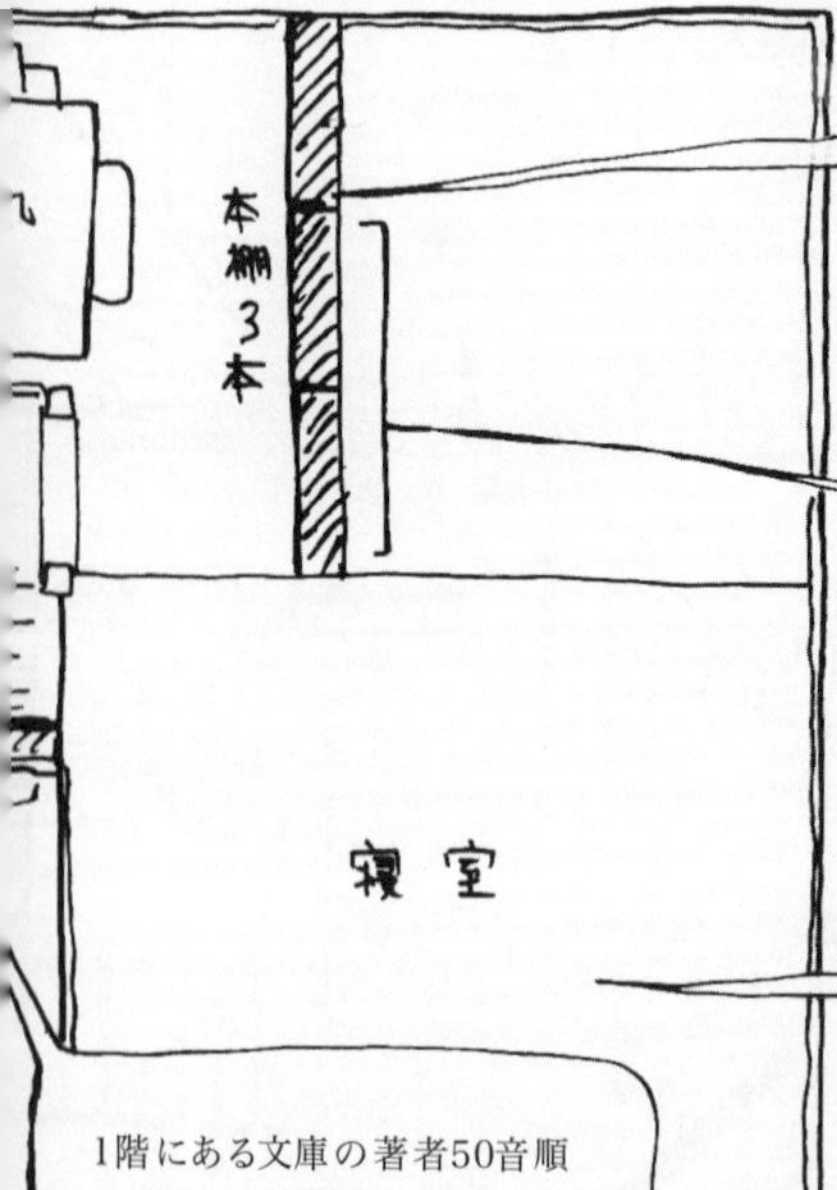

ノンフィクションを中心に棚2本分。

寝室を覗くことはできなかったが、やはり本が大量に侵食しているとのこと。
こちらも「地獄部屋」の様相か。

1階にある文庫の著者50音順の続き。片岡義男が約120冊。小林信彦もたくさん。

徹底解説！根岸家の本棚

3階

回廊南側は文庫用８段の棚が７本、西側は単行本用の棚が４本。

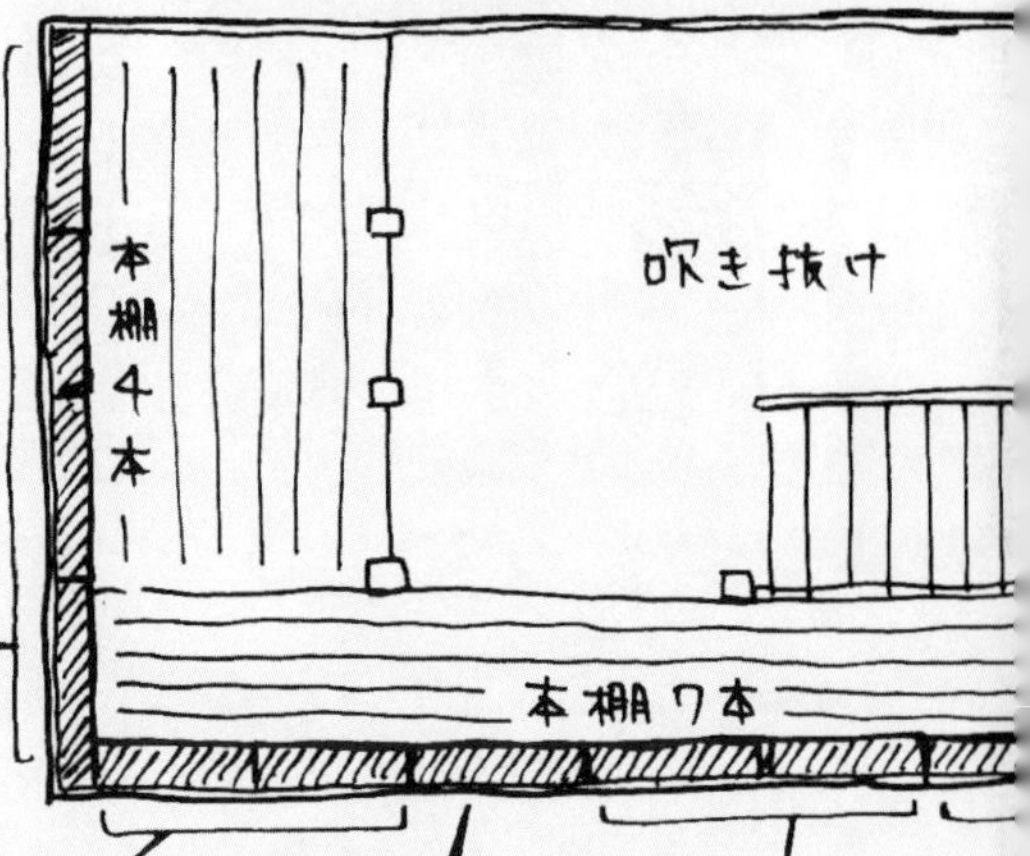

エンタメ小説が著者50音順で並ぶ。井上夢人、倉知淳、島田荘司、北村薫など本格ミステリ作家の本もたくさん。途中から海外文学が続く。

ここから外文に突入。福武、光文社古典新訳、新潮、文春、集英、角川とレーベル別に並ぶ。

ミステリ、SF ゾーン。ハヤカワ文庫と創元文庫が棚２本分。「SF マガジン」と「ミステリマガジン」のバックナンバーが棚上にズラリ。

まだまだ文庫が続く。都筑道夫、仁木悦子、山田風太郎などなど。棚上にはコミックやノベルスが所狭しと並ぶ。

根岸家の本棚から選ぶ

根岸さんのオススメ本ベスト5

小林信彦 著

1『夢の砦』(新潮社)

小林信彦には『唐獅子株式会社』『オヨヨ島の冒険』『ちはやふる奥の細道』のような想像力豊かな小説もあるが、『夢の砦』のような自伝的色彩を持つ作品も多い。この作品には「ヒッチコックマガジン」編集長時代のことが色濃く反映されている。フリースタイルから刊行が開始された小林信彦コレクションは全10冊と言われているが、これは入ると思う。

瀬戸川猛資 著

2『夢想の研究』(早川書房)

書評、映画評に定評のある著者だが、このエッセイでは、本と映画を交差させて論じている。知的刺激に満ちた、ちょっとしたイリュージョンを見ているかのよう。現在は創元ライブラリで読める。早逝が惜しまれた著者だが、本になってない文章がたくさんあるのではないだろうか。もっと読みたい。

藤原マキ 著

3『私の絵日記』(北冬書房)

つげ義春の妻であった藤原マキさんの遺した絵日記。毎回、通読するわけではないが、年に何度もパッと開いて、開いた頁の前後の日記を読む。現在はちくま文庫で読める。1990年代に「通販生活」に、つげ義春作品が再録連載されていたときがあり、そのセレクトがとてもよかった。それをまとめた『つげ義春アンコール劇場』(カタログハウス)は、古本屋で見つけたら必ず買い、人にあげている。

永倉万治 著

4『メモリーズ・オブ・ユー 東京デート漂流』(講談社文庫)

『ジェーンの朝とキティの夜』『みんなアフリカ』といった傑作小説もあるが、「ホットドック・プレス」に連載されていた、この本に思い入れが深い。面白く読み、デートの参考にもした...と思う。亡くなって15年以上、自分より年下で、この著者を未読という人は多い。荻原魚雷さんが『大青春。』(幻冬舎文庫)をどこかで大推薦していたのを思い出し、本棚から手に取ると、解説が宇江佐真理さんだった。

松下竜一著

5『記憶の闇 - 甲山事件[1974→1984]』(河出書房新社)

緒方拳主演でドラマ化された『豆腐屋の四季』、中学の国語教科書に掲載されていた「絵本」(永島慎二の装画・カットが素晴らしい『潮風の町』所収)で、この著者の作品に出会った人が多いのだろうが、自分は、このノンフィクション作品だった。以後、著者のノンフィクション作品を次々と読んだ。『ルイズ 父に貰いし名は』『狼煙を見よ 東アジア反日武装戦線“狼”部隊』『怒りていう、逃亡には非ず 日本赤軍コマンド泉水博の流転』『汝を子に迎えん 人を殺めし汝なれど』等々。先頃、「本の雑誌」の評伝特集の座談会で佐久間文子さんが『怒りていう、逃亡には非ず』を評伝の傑作として言及していた。

子どもの頃から本が好き

根岸さんは一九六六年生まれ。現在は都内の大学の職員として働いている。子どもの頃から本が好きだったようで、叔母さんがよく本を読ませてくれたり、映画に連れて行ったりしてくれたそうだ。本格的に本を読みはじめたのは高校受験を終えた中学三年生の終わり頃。高校生になる頃には授業中にも本を読んでいたという。

当時、読む本はブックガイドを参考にして選ぶこともあったそうだ。中高生の頃はミステリーであれば内藤陳や北上次郎、SFであれば伊藤典夫や浅倉久志。ミステリーはエンターテインメントを中心に読んでいたようで、その名残は今の自宅の本棚からも見てとれる。三階の回廊南側の文庫ゾーンには鮎川哲也、都筑道夫、仁木悦子、連城三紀彦などの著作が多く並ぶ。また、ハヤカワ文庫と創元文庫だけで二本分の棚を使用している。

大学時代の四年間は大型書店でアルバイトをしていた。学内ではミニコミ誌をつくり、本を紹介するページなども設けていたそうだ。就職活動の際には出版社も受けたようだが、出版業界で勤務する道には進まなかった。

本に囲まれて暮らす

根岸さんはどこか本屋然としている。自宅の本の並べ方も本屋そのものだし、好きな本のことを語る様子も本屋そのもの。巷の書店員よりも本に詳しいわけだから、ぼくがそう感じるのは当然のことかもしれない。

根岸さんの自宅にある本は、すべて根岸さんが自分自身で探して購入した本であり、読んできた本だから、一冊一冊の本に思い入れがあり愛着があるはずだ。書店の現場で働いていると、日々大量に入荷する雑誌や新刊を捌いているだけで一日の大半が過ぎ去ってしまう。一冊一冊の本をじっくりと吟味して仕入れ、その本の良さを丁寧に伝えながら販売することができている本屋はそれほど多くないように思う。

根岸さんを見ていると、本屋で勤めていなくても「本屋」を名乗ることができるのではないかという妙なことを考えてしまう。「本屋」というのは一体何者なのだろう。「本を売ること＝本屋」と簡単に定義してしまうことは、果たして正しいことなのだろうか。

そんなことを考えていると、本が好きで本と関わっているならば、売り手であっても読み手であっても、どちらでもいいのではないかとすら思えてくる。本屋以外の仕事をし、そこで得たお金を本に費やす。本に囲まれて暮らし、ときに友人を自宅に招いては本の話に花を咲かせる。これ以上の幸せはないようにも思えてくる。自分が理想としているのは、売り手側と読み手側のちょうど中間くらいの場所なのかもしれない。

根岸さんに、将来本屋をやるつもりはないのかと訊ねてみると、定年後にやる可能性はあるかもしれないとのことだった。どうしてもやりたいというわけではなく、「別にやってもいいかな」というような様子だった。ぼくはくだらないことを訊いてしまったなと後悔した。

取材日：2016年3月26日

取材者：関田 正史

北田 博充

第2章

くうそうする

理想の本屋を空想しよう

課題2

「理想の本屋」を空想しましょう。

P74～P100で紹介する五つの本屋さんは、
実在しない空想上の本屋さんです。
あなたが思う「こんな本屋さんに行ってみたい……」
「あんな本屋さんがあればいいのに……」を
できるだけ具体的に空想してみましょう。

MEMO

1 HON×MONO BOOKS

兵庫県 神戸市

昨年、神戸北野の外れに「HON×MONO BOOKS」という一風変わったお店がオープンし話題になっている。北野坂沿いに建つモダンな建物の二階、もとはギャラリーだったという十坪程度のスペースにそのお店はある。店内中央部にレトロな木製のテーブルが置かれ、そこには世界に一点しか存在しない「モノ」が展示されている。どういった経緯でこういったお店をオープンし、どのようなコンセプトでお店をつくっているのか、店主の早川直宏氏に詳しく話を聞いた。

小説の中に出てくる「モノ」を想像力を駆使して作ってしまう

――噂を聞きつけて来たんですが、すごく素敵なお店ですね。

早川 ありがとうございます。十坪の小さなスペースで、扱っている商品は一種類という変な店です。

――今、展示されているのは……瓢箪ですか?

早川 そうですね。『清兵衛と瓢箪』で清兵衛が学校で没収されてしまった瓢箪です。現代陶芸家の近藤拓馬さんに作ってもらいました。「HON×MONO BOOKS」は、小説の中に出てくる「モノ」を想像力を駆使して作り、そのモノを本と一緒に販売するお店です。今週は、『清兵衛と瓢箪』(新潮文庫)と近藤さんに作ってもらった

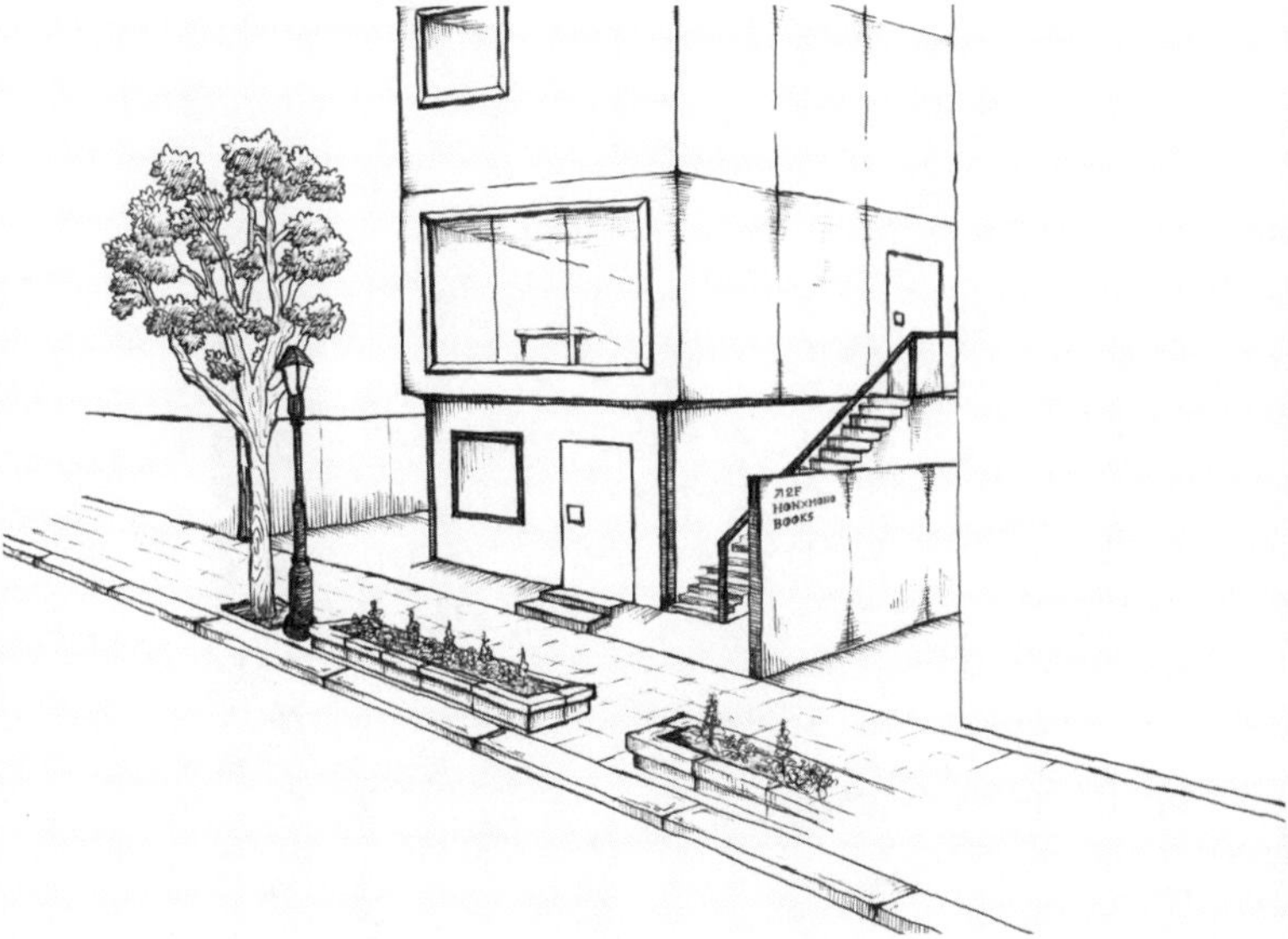

瓢箪を一緒に展示しています。

――「今週は」ということは……毎週ちがうモノを展示しているということですよね。販売はオークション形式だと聞いているのですが。

早川　そうですね。小説に登場する「モノ」を陶芸家をはじめ、いろいろな作家の方々にお願いして作ってもらっているのですが、どうしても一点ものになるので、大量販売はできません。毎週月曜日に新しい商品を展示し、日曜日に落札者が決まります。一週間の展示期間中に購入希望者が入札する形式です。

――今までにもっとも高額で落札された商品はなんですか？

早川　昨年末に藤枝静男の『田紳有楽』に出てくるぐい呑みが三十万円で落札されました。

――三十万円ですか……凄いですね。

早川　他にもヘミングウェイの小説に出てくる

登場人物がかぶっていた帽子や、『第七官界彷徨』の主人公が使用していたバスケットが高額で落札されています。

想像が現実の上をいくような、そういう「本物」を作りたかったんです

——こういったお店を作るきっかけはどういったものだったんでしょうか。

早川　きっかけはG・ガルシア＝マルケスの『失われた時の海』という小説でした。学生の頃に読んだ小説なんですが、その冒頭で海からバラの香りが漂ってくる場面があるんです。その場面がずっと頭の片隅に残っていて、どうしてもその香りを嗅いでみたくなったんです。実は、妻が香料会社でパフューマーの仕事をしていたので、妻に『失われた時の海』を読んでもらい、その香りを再現してもらったんです。そして、その香りを香水として売り出してみたいと思いはじめたんです。マルケスの小説を読んだことがある人はその香水を買いたくなるだろうし、読んだことがない人はその香りをきっかけにマルケスの小説を読みたいと思うかもしれない。ただ、香水と本のお店というだけでは運営が難しそうなので、本に出てくるモノを作って本と一緒に販売するお店にしようと思いました。「本」に出てくる「物」、続けて読むと「本物」という熟語になります。想像が現実の上をいくような、そういう「本物」を作りたかったんです。

――少し聞きにくいことなんですが、売上はどの程度あるのでしょうか。一週間に一点しか展示販売しないわけですから、決して儲かる商売ではないと思うんです。

早川　仰るとおりですね。売上では苦労しています。ただ、はじめからこのお店の仕事だけで食べていこうとは思っていません。私の本業は司法書士なんです。

――早川さんは、昔から本屋をやることが夢だったんですよね。本屋を本業ではなく副業としてやることに抵抗はありませんでしたか？

早川　まったくないですね。そもそも、どちらが本業で、どちらが副業なのかよくわかりませんし、本屋が副業であったところで何の問題もないと思っています。好きなものでお金を稼ごうなんて、欲張りすぎだと思うんです。私は本が大好きですし、一生本と寄り添っていきたい。ただそれだけでいいんです。

――今後の目標は何かありますか？

早川　そうですね……地道にこの店を続けていければとは思っています。少しでもおもしろがってくれるお客さんがいれば、それで充分ですね。

2 書肆・汽水域

東京都 杉並区

本屋は誰もが気軽に訪れることができる場所でなければならない。間口は広ければ広いほどいい。誰もが自由に出入りでき、本屋がお客さんを制限することはできない。少なくとも今までの本屋はそうだったはずだ。

秘密の小部屋の中は一体……

今、話題となっている書肆《しょし》・汽水域には、とある「課題」をクリアしないと入ることができない「秘密の小部屋」があるらしい。数年前から、テレビや雑誌の取材で取り上げられることが多くなり、来店客が徐々に増えているようだ。

百五十坪の中規模クラスの路面店で、品揃えに目立った特徴があるようには見えないが、主要顧客が近隣住民の主婦層のようで実用書と児童書の品揃えが充実しているように見える。すぐ近くに商店街があるため、夕飯の買い物帰りに立ち寄る主婦が多いようで、夕方以降に客足が増える。休日はさらに来店客が増え、お昼を過ぎると子ども連れのファミリー客で店内がごった返すという。

店舗最奥部の児童書コーナー脇に、木製の古びた扉があり、どうやらその奥が秘密の小部屋になっているようだ。小部屋の扉には鍵がかかっているようで、開けることはできない。取材もかねて、その「課題」とやらにチャレンジしたいと申し入れをしたものの、十歳未満の子どもにしか挑戦権はないと断られた。

その課題は「ブックサーフィン」というもので、挑戦者に「とある本」を特定するためのヒントが与えられ、挑戦者が店内にあるその本にたどり着くと、今度はその本の裏表紙に次の本のヒントが隠されており、どんどん本をたどっていくオリエンテーリングのようなものになっている。最後の本にたどりつくと、その本の裏表紙に秘密の暗号が隠されており、その暗号を店員に伝えると秘密の小部屋に入るための鍵をもらうことができる。

たとえば、「ひらがな三文字の書名で、表紙に蝶とリボンが描かれています」というヒントの答えは甲斐みのりの『ふたり』（ミルブックス）で、その本の裏表紙には「矢印を天に向け鏡の前で考えよ」という謎めいたヒントが隠されている。ブックサーフィンが進むにつれてヒントの難易度は高くなる。十個のヒントをクリアしないとゴールにはたどりつけないそうだ。挑戦を希望する子どもたちは後を絶たないようだが、クリアできる子どもは十人に一人もいないという。

海と川が混じり合うところ

秘密の小部屋の中ははたしてどうなっているのか。中に何があって、どのように過ごすことができるのか。店長の吉村慎司さんに訊ねたところ、「お答えすることはできません。小部屋の中で見たことは、大人には絶対に話してはいけないというルール

があるんです」と答えてはもらえなかった。せっかく取材に来たので、少しだけでも中の様子を教えてほしいと食い下がってみたが、一切取り合ってくれない。今までにテレビや雑誌の取材が来たときも、中の様子は一度も公開したことがないそうだ。

秘密の小部屋の鍵を持つ子どもたちからこっそりと中の様子を聞き出そうと試みたが、誰一人として口を割る子どもはいなかった。「どこにもない場所」「夢のような国」「何時間いても飽きない」「十歳になりたくない」といった声を聞くことができたが、ますます小部屋の謎が深まるばかりだ。

秘密の小部屋にはブックサーフィンをクリアして鍵を手にした十歳未満の子どもしか入ることができず、十歳の誕生日をむかえると鍵を店に返却しなければならない。「十歳というのは大人と子どものちょうど中間。海と川とが混じり合う汽水域のような年齢。大人への階段をのぼりはじめたら、子どもの世界には後戻りできないんです」と吉村さん。

書肆・汽水域の創業は一九五六年、今年で六十周年を迎える。海でもなく川でもない、何かと何かが混ざり合う中間点にこそ、物事の本質がある。創業者のそういった思いから「汽水域」という店名が生まれたそうだ。過去と未来、素人と玄人、理想と現実、大人と子ども。それらが混じり合う「汽水域」を表現するのが本屋の仕事なのかもしれない。

書肆・汽水域の「秘密の小部屋」がメディアの取材に取り上げられるようになったのはここ数年のことだが、実はこの小部屋は三十年以上も前からあるそうだ。

「私も子どもの頃はこの店の秘密の小部屋に入り浸りでした。まさか二十年後にこの店の店長になるなんて、当時は思ってもみませんでしたね」と感慨深げに話す吉村さんは、未だにこの小部屋の秘密を誰にも話したことがないそうだ。

3 BOOK TRAP

「もう三年以上も当たり屋をやっています」

少し恥ずかしそうな笑顔でそう語る藤井美紀さんの容姿から、「当たり屋」的な要素はいっさい感じられない。当たり屋といえば、故意に交通事故を起こし、保険金をだまし取る行為のことだ。目の前の二十代の美女が当たり屋をやっているとは到底思えない。

「当たり屋とはいっても、私がやっているのは本屋なんです」

戸惑うこちらの様子を楽しんでいるような顔で、自身の活動について詳しく話を聞かせてくれた。

攻撃的でゲリラ的な本の押し付け

藤井さんは新卒で大手チェーン書店に入社したものの、わずか一年半で退社し、その後は編集プロダクションで勤務しつつ、「当たり屋」をしている。自分がしたい仕事は書店の現場では実現できないと思い、すぐに辞めることを決めたそうだ。当初、藤井さん一人ではじめた「当たり屋」の活動も、今ではメンバーが三人に増え（いずれも二十代の美女）、「BOOK TRAP」というユニット名で活動の幅を広げている。

「当たり屋」とは一体どのようなことをするのか。「簡単に説明すると、一方的な本の押し付けです。私が読んでほしいと思う本を、無理やり読ませてやろうという試みです」と藤井さん。

路上でわざと男性にぶつかって本を落とし、急ぎ足でその場を立ち去る。ぶつかられた男性は、体当たりしてきた美女が落としていった本を手に取る。「あの美人が落としていった本は一体どんな本だろう……」そう思わせることができればしめたもの。攻撃的でゲリラ的な本の押し付け。まさに当たり屋だ。

他にもやり方はある。電車内で若い男性の隣に座って本を読みはじめ、次の駅に着くと、席に読みかけの本を残して下車する。隣の男性は気になって取り残された本を手に取る――。

私たちは本でアクシデントを起こしたい

リアル書店では本との偶然の出会いが楽しめるとよく言われるが、本屋に本が置いてあることは当然のことで、そういった出会いは「必然的な偶

然の出会い」なのだと藤井さんは言う。たしかに、本屋の外で本と出会うことこそ、本当の意味での「偶然」の出会いと呼べるのかもしれない。

「私は演劇を観るのが好きで、一人で観劇に来ている素敵な男性が、幕が上がるまでの待ち時間にじっと本を読んでいる姿をよく見かけるんですが、そういう読書男子にキュンとするというか、どんな本を読んでいるんだろうとついつい妄想しちゃうんです」

藤井さんが「当たり屋」をはじめた理由は、意外にも殿方へのつのる妄想がきっかけとなったようだ。あの素敵な人は一体どんな本を読んでいるのだろう……。誰もが一度は抱いたことのある想いを、藤井さんは即座に行動にうつした。

ハニートラップならぬブックトラップ。浅はかなお遊びにも見えるが、活動している本人たちはいたって真剣だ。昨年五月から「BOOK TRAP」のメンバーとなった渡辺翠さんは、「藤井さんのような容姿端麗な女性が、突然ぶつかって本を落としていけば、男性は誰だってどんな本を落としていったのか気になるはずです」と語る。本は本屋で出会うものだと決めつけがちだが、こういった本との出会い方があってもいい。

また、本屋に欠けている要素は「ハプニング」や「アクシデント」だと藤井さんは主張する。「私たちは本でアクシデントを起こしたい。もっと攻撃的な本の提案をしたい。そのためには、本が本屋の外に出向いていかなければならないんです」と志が高い。

これからの本屋が相手にすべきなのは、普段本屋にこない人間

本が売れない時代だからこそ、新しい読者を増やさなければならないのは当然のことだが、そもそも本を読まない人は本屋に足を運ばない。本屋の中で奮闘することが重要なのは言うまでもないが、本が本屋の外に出向いていくことも同じくらい重要なことだ。これからの本屋が相手にすべきなのは、普段本屋にこない人間だからだ。

藤井さんの活動は一種の「種蒔き」なのかもしれない。新しい本との出会い方を模索し、実践することで本に興味を持つ人が増えてくる。実った果実の収穫は本屋がやればいい。

今日もどこかの街角で、彼女たちは通りすがりの男性にぶつかっているだろう。あなたが美女にぶつかられて本を落としていったら、きっとそれはBOOK TRAPの仕業だ。その本にそっと手を伸ばし、ページを繰ってみてほしい。本屋では決して出会うことができない、読むつもりがなかった本と出会えるはずだ。

4 TORINOS BOOK STORE

兵庫県 神戸市

ジュンク堂書店の宿泊ツアーや池袋駅前に開業した「BOOK AND BED TOKYO」をはじめ、宿泊できる本屋が増え続けている今、新たな「泊まれる本屋」が話題になっている。

京阪神エリアでチェーン展開している鳥文堂書店が、三ノ宮駅北口に出店した「TORINOS BOOK STORE」はただ泊まれるだけではない夢のような本屋だ。はしごで上れる本棚の上部や、本棚と本棚の間を通り抜けた先にベッドルームがあり、全二十室を用意している。本棚とベッドが一体化した作りの部屋（スタンダード／一泊三千円）と、ゆったりとした作りの個室（スイートルーム／一泊八千円）の二種類を用意し、いずれも店内の本を自由に読みながら時間を過ごすことができる。本棚に並ぶ本は古書や洋書も含め約六千冊。ジャンル別には並んでおらず、個人宅の本棚のように秩序なく並べられている。宿泊ができる本屋というだけで、一度は行ってみたいと興味をそそられるが、TORINOS BOOK STORE の凄いところはそれだけではない。

あなたの見た夢が小説に……

TORINOS BOOK STORE では、宿泊で眠った際に見た夢を自動的に記録し、一冊の本にしてくれる「夢本」というサービスを提供している（オプション料金）。睡眠中の脳波について研究し、夢内容のパターン認識アルゴリズムを構築した日本電気技術研究所（以下JEL）と鳥文堂書店とが提携し、夢を文章化する技術をはじめて本屋のサービスとして提供した。

「夢本」を希望する宿泊客には、脳波を測定する簡易型ヘッドセットを装着し就寝してもらう。見た夢の内容が自動的に文章化され、三〜四日以内にその文章を校正・製本したものが宿泊客の自宅に郵送されるという仕組みだ。睡眠中に夢を見なかった場合や、あまりにもおぞましい夢を見て本にしたくない場合等は料金が発生しない。中綴じで二十ページ程度の小冊子に近い形状ではあるが、自分の見た夢が本になるというサービスに興味を示す宿泊客は多い。

「夢本」の存在を雑誌の特集記事で知り、島根県から来店したAさんは「もうすでに二回利用しているが、運良く二回とも夢を見ることができた」と話す。「夢のおもしろいところは、ありえない設定や突拍子もない展開が起こること。現実世界では思いつかないようなことが文章として記録されることに凄みを感じる」と満足気だ。

小説の主人公になれるサービスも……

「夢本」の他にも「私本」という人気のサービスがある。「私本」は十種類の小説を電子書籍端末で読むことができるサービス。「夢本」と同じくヘッドセットを装着し

た状態で読むと、脳波データとまばたきの情報から読者の心情が分析され、その心情の変化によりストーリー展開が変化する。つまり、読者が小説世界に「参加」することができる画期的なサービスとなっている。

「現状では、読者の脳波を読み取ってストーリー展開が自動で進行していく仕組みになっているが、将来的には特定の場面で主人公の行動を読者が選べるようになったり、小説世界により深く参加できるような仕組みをつくりたい」とJEL主任研究員の郷田聡史さんは話す。

本屋と能動的にかかわるということ

鳥文堂書店は、二〇一〇年の神戸本店改装リニューアルを機に、次々と新業態にチャレンジしている。朝と昼は本屋、夜はライブハウスになる二毛作本屋「NEKOMACHI」や、〝本なら何でも揃う“五坪の総合書店「nano BOOKS」等、実験的な出店が続いている。

鳥文堂書店、専務取締役の筒井知宏氏は「本を売ることから、本と過ごせる空間を売ることに方向転換したのが二〇一〇年頃だった。これからはもっとお客さんが能動的に関われる”場所性“の強い本屋をめざしていきたい」と意欲的だ。TORINOS BOOK STORE の出店に関しても、最先端の科学技術を本屋の現場に取り込むこと、バーチャル世界を本屋で楽しめる環境をつくることを目指しているが、その先の目的は「普段本屋に来ない人たちを本屋に呼び込むこと」だと筒井氏は言う。

さらに、「本が売れないと嘆いてばかりいても仕方がない。そもそも本は生活必需品ではないし、本なんて読まなくたって生きていけると考えている人が大半。その大半の人たちにどうアプローチするのかが一番大事だと考えている。既存の本屋の店頭で頑張ることは対症療法でしかない。本屋に足を運んでくれるお客さんを誰よりも大事にしていく気持ちに変わりはないが、同じくらいエネルギーをかけて相手にしないといけないのは、普段本屋に来ない人」と筒井氏。

TORINOS BOOK STORE に次いで、来春にも新業態店舗の出店を控えているという鳥文堂書店の動きにこれからも目が離せない。

5 満月書房

神奈川県 三浦市

神奈川県三浦市にある三浦海岸に満月の夜だけ姿をあらわすという謎の本屋がある。だだっ広い砂浜にぽつんと立ったパラソルが目印になってはいるが、それが本屋であるとは誰も思わないだろう。本屋と名乗ってはいるものの、夜の砂浜にパラソルが一つと折りたたみ式の机と椅子、控えめなお店の立て看板があるだけで、本の販売はしていないようだ。

この満月書房の評判が口コミで広がり、今は大繁盛店になっているとのこと。本を販売しない本屋はどのようにして成り立っているのか、何がきっかけで出店に至ったのか、店主の真山潤一郎さんに話を聞いた。

特定の個人に対して本を伝えているという、生々しい実感が欲しかった

――営業日が満月の日の夜だけというのは、何か意味があるのでしょうか?

真山 ただ単純に時間がないだけなんです。満月は月に一回だけしかないので、営業日も月に一回で済む。その程度なら大学の仕事にも支障が出ませんので。

――本業は大学教授なんですよね。満月書房はどういった本屋なんでしょうか?

真山 簡潔に説明するのは難しいのですが、カウンセリングに近いと思います。お客さんと膝を突き合わせてお話をし、その人にぴったり合う本を提案する。一言で言う

と「オーダーメイド本屋」といった感じでしょうか。

――普通の本屋をしようとは思わなかったんですね。

真山 やはり大学の仕事があるのが大きいですね。僕も学生の頃は駅ビルに入っている書店でアルバイトをしていたんですが、自分がやりたいのはこういう仕事じゃないなと、その当時から漠然と思ってはいました。不特定多数の人に本を伝えることに意味が見出せなかったというか、お客さんに本を届けている実感が薄かった。特定の個人に対して本を伝えているという、生々しい実感が欲しかったんですよね、きっと。

――一日の来店客数はどれくらいですか？

真山 営業時間が十九時～二十三時で、お客さん一人あたり四十分程度の時間を使うので、五人が限界ですね。はじめたばかりの頃は予約優先制にしていたんですが、今は完全予約制にしていて、すでに来年の八月まで予約が埋まっている状態です。

――それは凄いですね。お客さんとはどのようなお話をするのでしょうか。

真山　これまでの読書傾向、性格や趣味嗜好、今悩んでいることなどを聞き出しつつ、今お客さんがどんな本を読みたいのかを探り、数冊の本を提案しています。

本を売ることより、本を伝えることに意味があるんじゃないのかな

――本を選ぶだけで、販売はしていないと聞いています。

真山　そうですね。本を提案するだけで、販売まではしていません。売上はカウンセリング料のみです。料金はお客さんにお任せしていて、だいたい千円くらいです。

――とても低い料金ですね。

真山　僕は本を売ることより、本を伝えることに意味があるんじゃないのかな、と思っています。だから、本でお金を稼ごうなんて一度も考えたことがありません。

――それにしても、どうして夜の浜辺で店をする気になったのでしょうか。

真山　それは雑誌の取材なんかで毎回聞かれるんですが、僕は梶井基次郎の『Kの昇天』という短篇が好きで、それの影響なんです。夜更けの浜辺で自分の影を凝視する

K君が、その影の中にもう一人の自分を見つける。それで、段々と変な気持ちになってきて、自分の魂が月へ向かってスーッと昇っていくような感覚になる。でも、K君は何回やっても途中で落っこちてしまう。

――僕も読んだことがあります。最後は、満月の日の夜に、ようやく月へ昇ることができるんですよね。

真山　僕はこの小説が「読書」の本質を表しているような気がしたんです。自分の影の中にもう一人の自分を見つけたり、スーッと月へ昇天するような気持ちになったり、でも、途中で落っこちちゃったり。僕は自分とぴったり合う本と出会うたびにそういう体験をしていて、その体験を自分以外の誰かにも届けたいと思ったんです。答えになっていないような気もしますが、それが満月の日に浜辺で本屋をしている理由です。

スタンダードブックストア代表・中川和彦氏が空想する

「夢の本屋」

スタンダードブックストアの魅力を説明することは簡単ではない。どこがどのように「素敵」だと一言で説明してしまうと、スタンダードブックストアが持っている価値はすり減ってしまう。そんな気がしている。

ぼくが思うスタンダードブックストアの凄いところは、お店にちゃんとした余白があるところだ。売場や棚にちゃんとした余白がある。余白という言葉が適切なのかどうかはわからない。隙間と言い換えてもいいかもしれない。

隙間があるということは、流動するということ。変化するということ。永遠に完成しないということ。そこがスタンダードブックストアの魅力なのかもしれない。

ぼくはスタンダードブックストアに流れている時間が好きだ。外の世界とは少し時間の流れ方が違う。きっと効率主義の反対側を走っているからではないだろうか。

ぼくは効率的なお店が好きではない。それに、効率的な仕事はしたくないと考えている。だって、効率的な本屋がお客さんにワクワク感を与えられるとは思えないから。

ひょっとすると、スタンダードブックストアが持っている隙間というのは、効率至上主義を否定することで生まれたものなのかもしれない。

さて。このスタンダードブックストアをつくりあげた中川和彦氏に、「こんな本屋があったらいいな……」という空想上の夢の本屋を語ってもらった。これまで、本屋への想いを現実に昇華させてきた中川氏は、どのような夢の本屋を空想するのだろうか。

中川和彦

（スタンダードブックストア代表）

　都心から電車で三十分程度の距離。駅前はロータリーになっており、バスが発着し、タクシー乗り場もある。そのロータリーに面して商店がいくつか顔を出している。小さい本屋もあった。何でも揃うというわけではなかったがそれなりに便利だった。しかし、数年前にドラッグストアになってしまった。駅前にはかつては繁盛した商店街もあるが今は活気を失っている。駅周辺はどこにでもあるチェーン店がぽつぽつとあるだけ。旧国道を挟んで駅から数分の距離に古い街並みがある。かつては生鮮食品店をはじめ商店が揃い大繁盛し、金融機関まであったが、今やその面影はなく空き家も増えている。

　そこに昔から続く老夫婦が営む十坪ほどの小さな本屋が残っている。この街唯一の本屋となってしまった。官庁や学校を相手に外商しながら何とか営業を続けている。外商での注文を捌くのに二人では忙しく、本当はもっと手を入れたい店頭にまでは手が回らない。品揃えが悪くなっていた。自分たちが育ったこの街を愛していた老夫婦は、同じようにこの街を愛する地域の人たちに相談した。老夫婦も、ここに住む住民も、さらに数少ないがここで商売をする人たちも、この街の節度ある発展を願っている。その中心になるのは本屋ではないかと意見が一致し、地域の人たちがボランティアに近い形で本屋を手伝うようになった。地域で本屋を支えたい一心である。最初はレジに立つだけだったが、品揃えを良くするために棚の編集も手掛けるようになった。一定の範囲で個人個人思い思いの品揃えを提案し仕入れては、知り合いに「自分がオススメする本があるので棚を見て欲しい」と声を掛け、少しずつ客を増やしていった。報酬はなく、本が従業員割引で購入できるという特典のみである。

その小さな本屋に通う一人の青年がいる。この街に生まれ育ったわけではないけれど、この街にある高校に通い、今は駅で働いている。彼は常々駅は単なる通過場所になってしまっていると感じていた。かつて自動改札でない頃は切符にパンチを入れる時、また下車して切符を回収する時のほんの刹那にも駅員と客との間にふれあいがあり、コミュニケーションが存在していたと聞く。なんとか大好きな本を使って駅にふれあいを取り戻したい。駅をコミュニティスペースにできないものか……。ここから何かがはじまる、そういう場にしたい。

十数年前にはこの駅から支線が出ていたが今は廃線になっている。その証として使われない0番線が残っており、古い車両も置き去りのまま。彼はその車両に棚を設置し自分自身の蔵書を持ち込み駅員向けの図書室にしていた。休憩時間に読書をする駅員は結構いて、彼らと本をきっかけに話す機会が増えた。本はコミュニケーションのツールになる。駅を利用する人たちともっとつながることはできないのだろうか……との思いが募る日々。そうこうするうちに駅前ロータリーのリニューアル計画が持ち上がり、千載一遇のチャンスだと彼は駅にあるまだ使われていないスペースを本屋にすることを提案した。駅員と駅を利用する人がふれあう場にしたいと熱心に語った。つまらない駅前再開発よりは余程おもしろそうだと判断され、会社も許可を出した。まずは駅員一人一人の人となりをわかってもらわなければならない。それには駅員が選書した本棚をつくるのが一番だ。個人の本棚はその人そのものを表す。駅員が選書した棚に顔写真とコメントを付け、仕事中はこれまでより大きな名札を付け、個人が特定しやすいようにする。あの駅員はあんな本が好きなのか、自分と同じ趣味なのかと本棚に興味を持ったお客さんが、次第に選書した人自身に興味を待ちはじめ、これまで全く話したこともない駅員に声をかけ、コミュニケーションが生まれる。駅を単なる通過点にするのではなく、そんな関係が生まれる場にしたいのだった。

彼はこの街唯一の本屋に向かい、ぜひ本の仕入れに協力してほしいとお願いした。はじめは断った店主だが彼の熱意に負け手伝うことになった。とはいっても人手が足りない。駅での掲示、口コミ、SNS その他諸々あの手この手でスタッフを募集すると結構な人数が集まった。ボランティアスタッフも多い。街の人も『本』に関わりたいのだった。地元で林業を営む方の協力で地元の木を使って棚をつくり、内装もできるだけ自分たちで行った。そういうこともあって地元民が自分たちの店だという意識を持ち、積極的に二つの本屋を利用した。何とか採算は取れるようになった。購入した本をすぐに読みたい方のためにカフェが増設され、地元食材を使ったメニューは殊の外好評。実はこのあたりは野菜の宝庫で、ワイナリーもあるし、日本酒もつくっている。できる限り街の本屋で買い、街の飲食店を利用する。そうすることにより地元の農家も潤い、新鮮な食材を地元に供給できるといういい循環ができてきた。最近では持ち帰り需要が多い。地域の人が噂を聞きつけ、鉄道を利用しなくてもわざわざ購入するようになったのだ。もちろん商品名は『駅弁』。他にも地元食材でつくった食品の販売も軌道に乗りそうで、駅員と利用客との会話が増え、明らかに駅と街が活性化してきた。本棚を見て駅員と同じ趣味があるとわかり、いくつものサークルが生まれた。サークルの集まる場所がこのカフェだったり、街の居酒屋の場合もある。駅に人が集まり、駅から人が街に流れる。

特に評判がよかったのが駅長の本棚。駅で駅長室と表示された部屋を見ることはあるが、駅長がどんな人なのかを知っている人は少ない。駅長はミステリアスなのである。はじめは自身の本棚をつくることに消極的だった駅長がこれをきっかけに駅利用者の前に積極的に顔を出すようになり、それだけでなくいろんなイベントを企画するようになった。本社にライブラリートレインの運行も働きかけている。二つの本屋だけではなく近くの小さな公共図書館との連携も考えられている。イベントにボランティアで参加した学生がきっかけで地元の大学が街との関わりに興味を示し、地元と一緒に活動するカリキュラムに単位を与えるようになった。さらに大学図書館、食堂の市民への開放、市民向け講座の開設も予定しているようだ。駅が開かれ、大学も開かれていく。空き家の目立っていた古い町並みにはクリエイターが住むようになり、彼らもイベントを企画し、ますます様々な人たちの交流が広がっていった。何より大きいのは自分たちの街は自分たちで良くしていこうという考えになったことである。街に創造性が宿ったのである。

この街の本屋ではなぜか欲しい本に出会う。不思議なことに、目的の本を決めずにふらっと立ち寄った時に何気なく本を手にとってみると、確かにほしかった本なのである。

本は人であり、人は街であり、街は人である。

Profile

中川 和彦（なかがわ かずひこ）

スタンダードブックストア代表。

1961年大阪生まれ。大阪市立大学生活科学部住居学科卒業。

1987年、25歳のときに父を亡くし、高島屋大阪店の書籍売場を運営する㈱鉢の木を継ぎ、代表取締役となる。

2006年、「本屋ですが、ベストセラーはおいてません。」がキャッチコピーの本・雑貨・カフェの複合店「スタンダードブックストア」を心斎橋にオープン。

2011年に茶屋町店、2014年にあべの店をオープンし今に至る。

第3章

きかくする

新しい本の売り方を企画しよう

課題3

「新しい本の売り方」を考えましょう。

P106～P125で紹介する五つの企画は、
少し変わった「本の売り方」です。
本の新たな価値を見出したり、
新たな読者への本の届け方を模索することで、
他にもたくさん「新しい本の売り方」を見つけてみましょう。

MEMO

ここでは、二〇一三年から二〇一五年の間にぼくが手がけた企画について整理した。一種のプロジェクトノートのようなものだ。

ぼくが仕事をする上でもっとも大切にしてきたことは、普段本を読まない人にどのようにして本に興味を持ってもらうかという点。本好きをたくさん増やしていくことが自らの使命であると考え、仕事に取り組んできた。

世の中の多くの人は、「本なんて読まなくても楽しく生きていける」と考えているように思う。実際のところ、本を読んでもお腹は満たされない。本は嗜好品だとよく言われるが、たしかに本は人間の三大欲求を満たすものではない。

それに、本の持つ効力には即効性がない。その本を読んだことを忘れた頃に、じわじわと効いてくる。それも、本人に自覚がないまま、無意識下で作用する。本にはそういった不思議な効力がある。

でも、普段本を読まない人に、そういった本の魅力をとうとうと述べたところで、本に興味を持ってもらうことはできない。「本を手に取り、読んでみたところおもしろかった」という体験がなければ、なかなか本の世界に深く足を踏み入れることはないだろう。本屋が果たすべき役割は、その「最初の一冊」との出会いをより魅力的に演出することにあると考えている。

ここで紹介する企画は、一般的な書店ではあまり見かけることのない、少し風変わりな「本の売り方」だ。普段本を読まない人を本に引きつけるには、発想の転換と少しの工夫が必要となる。これまでの本屋の仕事の肝は「仕入」と「配置」にあった。そして、これからの本屋の仕事の肝となるのは「企画」ではないかと考えている。より良い本との出会い方をデザインすることで、本好きを増やしていくことが、これからの本屋には求められているはずだ。

1 BIRTHDAY BUNKO

一月一日から十二月三十一日までの三百六十六日分の誕生日を調べ、その日に生まれた著名人の文庫をオリジナルカバーに巻いて販売。カバーの表面に誕生日とその日に生まれた著名人の名前を印字し、裏面にその著名人の略歴を記す。自分と同じ日に生まれた著名人が、どのようなことを考え、どのような生き方をし、どのような本を書き残したのか。気になる人は自分自身の誕生日の本を購入することもでき、大事な人への誕生日プレゼントとしても活用できる。

本を人に贈るのはほんの少し勇気がいる

本を購入する人の大半は自分のために購入する。ぼくは学生の頃から本屋でアルバイトをしていたけれど、クリスマスの時期に絵本をギフトラッピングする以外、お客さんからラッピングの要望を受けることはほとんどなかった。けれど、本・雑貨・カフェの複合店を立ち上げてからというもの、毎日がラッピングの嵐なのだ。雑貨はこんなにもギフト需要があるのに、どうして本をギフトにする人は少ないのだろうと疑問に思った。本のプレゼント需要を創りだすことができれば、本をもっと売ることができるかもしれない。そう考えはじめてから、「BIRTHDAY BUNKO」という企画をやろうと思い立った。

本を人に贈るのはほんの少し勇気がいる。それは、本の内容が贈る相手に合ったものかどうかわからないし、どうしても押し付けがましくなってしまうからだ。それなら、本の内容と関係なく、誰にでも年に一回訪れる「誕生日」をテーマにすればいい。その日に生まれた著名人の本であれば、中身にかかわらずプレゼントがしやすい。

同じ本は一生に一回しか買わない

この企画は大ヒットし、もっとも売れた月では一ヶ月で二千五百冊以上販売した。一日で四百冊ちかく販売する日もあった。あまりに売れすぎて補充が追いつかなくなり、お客さんから欠品商品の問合せ、注文が相次いだ。「BIRTHDAY BUNKO」の棚の前には常にお客さんが集まり、他のお客さんの通行の妨げに

なることさえあった。携帯電話や手帳を取り出し、家族や友人の誕生日を調べているお客さんや、友人に電話をして本人に直接誕生日を聞いているお客さんの姿もよく見かけた。

中には、三百六十六点「大人買い」されたお客さんもいらっしゃった。お店を経営されているお客さんで、店内の読書スペースに閲覧用として置きたいとのことだった。他には、大学の教授がゼミ生の卒業祝いに贈るために購入してくださったり、結婚式の引出物として大量の客注を受けることもあった。

そして、何よりも印象的だったのはリピーターの存在だ。「この間、友人の誕生日用に購入したんだけど、別の友人のものも探しに来ました」というお客さんが何人かいらっしゃった。通常、自分用に本を買う場合、だいたい同じ本は一生に一回しか買わない。ぼくはビール

が大好きだから、缶ビールを年に三百本以上は購入しているけれど、ぼくがいくら保坂和志好きだとはいえ、『未明の闘争』はきっと一生に一冊しか買わないだろう。これが本を売る難しさなのだと思う。けれど、「BIRTHDAY BUNKO」のようなプレゼント用の本の場合、同じお客さんが何度も同じものを購入する可能性がある。この企画を通じて、本のプレゼント需要に応えていくことの大事さを学ぶことができたように思う。

　この企画は、展開当初からいろいろな書店さんから「うちでも展開したい」とお声かけを頂くことが多く、現在では多くの書店さんで展開頂いている。中でも、某チェーン書店では特に売れ行きが良く、過去の文庫フェアの中でもっとも高い売上を記録したそうだ。

2 飾り窓から

文庫の裏表紙に記載されている紹介文だけを頼りに本を購入してもらう企画。本をクラフト紙に包み、紹介文の部分のみ切り取って露出させ、切り取った四辺の縁を飾り窓のようにデザインする。書名や著者名から先入観を持つことなく、紹介文だけからおもしろそうな本を選んでもらうことで、通常であれば購入しないような本との出会いを演出した。窓の中を覗き込むようにして本の世界を覗きながら、好みの一冊を見つけてもらう企画。

book pick orchestra（ブックピックオーケストラ）が成し遂げたこと

二〇一二年に紀伊國屋書店で展開された「ほんのまくら」フェアは、当時大きな話題となり大反響だった。これは、本の書き出しの文章だけを手がかりに、書名も著者名もわからない本を買ってもらうという企画で、本が持つたくさんの情報（書名、著者名、出版社名等々）をあえて隠し、特定の情報（本の書き出しの一文）だけを提示することで、お客さんの興味をひくという手法が用いられている。この「ほんのまくら」よりも前に「book pick orchestra」が企画していた「文庫本葉書」や「文庫本画廊」でも実は同じ手法が用いられている。文庫本葉書であれば本の中の印象的な一節、文庫本画廊であれば魅力的な装丁だけがお客さんの目の前に提示されており、一度目に

止まるとどうしたって興味を持たざるを得ないくらい魅力に満ちた企画（商品）なのだ。「book pick orchestra」を立ち上げた内沼晋太郎さんが、ご自身の著書である『本の逆襲』で書いているように、本にまつわる多すぎる情報をひとつに絞ることで、本はぐっと選びやすくなる。

ぼくが企画した「飾り窓から」という商品も、書名や著者名といった情報を隠し、文庫本の裏表紙に記載されている紹介文だけを露出させている。取次で書店営業の仕事をしていた頃、担当書店の顧客購買動向調査のために、一日中売場とお客さんを定点観測していたところ、文庫本を手にとるお客さんの大半が裏表紙の紹介文に目を通していることに気がつき、それなら書名も著者名も隠して裏表紙の紹介文だけを露出させて販売してみようと思いついた。

本だけではなく、書店の売場についても言えることだけれど、あまりにも目に止まる情報が多すぎて、どの情報をどう感知していいのかわからなくなることがある。文庫本であれば、書名、著者名、出版社名に加えて、出版社が作った帯、書店が作ったPOP等、文字情報のオンパレードだ。なんとなく何か読みたいと思い書店に足を運んだものの、何を買っていいのかわからず、結局何も買わずに店をあとにするお客さんは多いと思うが、書店側で情報を整理したり、一部を隠したりするだけで意外と購買に結びつくのかもしれない。

雑貨感覚で本を売る

本と雑貨を一緒に扱っているお店で働いたことがある人ならわかるかもしれないが、本の売れ方と雑貨の売れ方はまったく異なる。それに、売れる金額だってぜんぜん違う。ぼくが働いていたお店では、本と雑貨を同じ坪数で展開すると、雑貨は本の約二倍売れる。本にはまったく見向きもせず雑貨だけを買われる方も非常に多い。本より雑貨が売れる方が利益率は良くなるとはいえ、やはり本が雑貨よりも売れないという現実に溜め息が出るときもあった。

雑貨はこんなに売れるのに、本がなかなか売れないのはどうしてだろう。悶々としているときにふと思いついたのは、雑貨が本より売れるのなら、本を雑貨っぽくして販売してやろう、ということだった。この「飾り窓から」という企画もそうだし、「BIRTHDAY BUNKO」やこのあと紹介する「文額」にも共通しているのは、本を雑貨のように加工して販売している点だ。普段本を読まない人に本を手に取ってもらおうと思えば、ただ単に本を本として販売しているだけではダメなのだ。これらの企画は、本好きな方からすると「軽い」と思われるかもしれない。けれど、少し変わった切り口から企画を立て、普段本を読まない人にアプローチをすることで、実際に多くの本が売れているという事実にも目を向けてもらいたい。

3 Bibliotherapy
ビブリオセラピー

読者の心を癒やす処方本（文庫）を七十点セレクトし、オリジナルデザインの薬袋に封入し販売。また、それぞれの商品に「どのような症状の方にどのように服用してもらうのが良いのか」等、効能書きを記したPOPを付けた。選書はオリオンパピルスの店長である小宮健太郎氏（当時）と協力して行い、当店とオリオンパピルスのコラボ企画とした（二店舗で同時開催）。商品を隠して販売することで、中身がわからない「わくわく感」を提供するとともに、お客さんと本との偶然の出会いを演出することを目的とした企画。

お客さんは自分だけのために本を選んでほしい

ぼくは人から本を薦められることが好きで、それは薦められなければ自分で買わなかったような本と出会えるからだ。読書家の中には人から本を薦められることが好きではない人もいるかもしれないが、普段からあまり本を読まない人にとっては、身近な誰かが自分に薦めてくれる本というのは意外と貴重な情報になっているはずだ。「なんとなく何か本を読みたいから」という理由で書店に足を運ぶ読書家予備群の人たちに対して、「じゃあ、これを読んでみてください」と最適な提案ができている書店は意外と少ないように思う。お客さんの数が多く、入荷する本も多く、仕事が盛り

だくさんの大型書店がそこまでの提案をすることは正直難しい。

一方、小さな本屋さんでは、お客さんに簡単なアンケートを書いてもらい、その人に合った本をお薦めするという取り組みをしているところがたくさんある。大阪の堂島にある「本は人生のおやつです」では「読書カウンセリング」をやっているし、赤坂にある「双子のライオン堂」では過去に「ブックマッチングサービス(BMS)」をやっていた。学芸大学にあるSUNNY BOY BOOKS(P156)では「おまかセット」というサービスがあり、読みたい本の雰囲気、イメージなどを伝えると、お題に合った本を千円の範囲内でセレクトしてくれる。

何か読みたいけれど、何を読んでいいのかわからない。だから、誰か私のために本を選んで、と思っている人たちは意外に多いのだ。二〇一

五年に話題になった「いわた書店」の「一万円選書」も本を本屋さんに選んでもらうという点では、読書カウンセリングやおまかせセットに近いのだと思う。

本を処方してみたいという欲求

ぼくが企画した「Bibliotherapy（ビブリオセラピー）」も、特定の個人のために本を選びたいという気持ちではじめたものだ。先にも書いたとおり、お客さんは「自分だけのために本を選んでほしい」という欲求を持っているはずで、それならばお客さんと個別にお話をし、その人に合った本を提案してみようと思い立った。当初、問診表を作成し、お客さん別にカルテを作り、その場で処方本を薬袋に入れて処方するというインスタレーションを期間限定でやろうと考えていた。けれど、諸々の事情があって実現することができず、薬袋に本を入れて症状別に売場展開することになった。

これより以前に企画した「BIRTHDAY BUNKO」や「飾り窓から」は、その日に生まれた著名人を丁寧に調べたり、裏表紙の紹介文がおもしろそうな文庫本を探したり、まったく選書力が必要とされない仕事だっただけに、それほどやりがいを感じることができなかったのだけれど、この「Bibliotherapy」は症状を考え、それに効く本を選び、薬袋に封入する効能書きの文章まで考えなければならなかったので、とてつもなく労力がかかったものの非常にやりがいのある楽しい仕事だった。また、ぼくの大好きなお店であるオリオンパピルスの小宮さんと合同で取り組めたことも自分にとっては大きかった。自分の選書力や提案力の未熟さを痛感することになったが、非常にいい勉強をさせてもらったように思う。

売れ行きは上々だった。文庫本が入った薬袋が所狭しと棚に並ぶ光景がお客さんの目をひき、棚前からお客さんが途切れることがなかった。「少し行き詰っている」や「他人の目が気になる」や「最近笑っていない」という症状の本が飛ぶように売れていき欠品を起こすことが多かった。売れ行きを見ながら、お客さんがどういう悩みを抱えているのか少しわかったような気がして興味深かった。

4 Branchart
ブランチャート

Branchart（三十一の質問で構成されるチャート）の質問に「YES」「NO」で答えていくと、回答者が読みたい本に導かれるという企画。「人生編」「恋愛編」「仕事編」「番外編」の四種を用意。A３縦サイズの「Branchart」をパネルにし、それに沿って回答すると「1」〜「32」の番号にたどり着く。本はオリジナルカバーで包み、カバーの表紙に番号を記載（書名・著者名等は隠す）。「本を読みたいけど、何を読んでいいかわからない」という方のために、チャートに沿って質問に回答するだけで、その人が読むべき本にたどり着くという「新しい本との出会い方」を提案。

何でもいいから一冊買ってもらうために努力する

お店にふらっと来られたお客さんが、店内を一巡して何も買わずに帰ってしまうのはとても辛い。何も買う気がなくふらっと来店したお客さんに、二冊三冊と本を買わせてしまうような売場作りに努めてはいるものの、カフェ目当てや雑貨目当てで来店したまったく本に興味のないお客さんに、一冊の本を手に取らせるのは至難の業だ。そんなお客さんにどうにかして本を手に取らせたいと思い企画したのが「Branchart」だった。

最初は本の「がちゃがちゃ」を作りたいと考えていた。五百円玉を投入してがちゃがちゃを回すと、カプセルに入った文庫本が出てくる（もちろん何が出てくるのかは

わからない）。ゲーム感覚で本を半ば強制的に買わせてしまう仕掛けを作りたかった。

何も買わずに帰ってしまうお客さんと、何か一つでも買って帰ってくれたお客さん（百円の消しゴム一つでもいい）との違いはとても大きい。何も買わずに帰ってしまったお客さんが再来店してくれる可能性は、何か一つでも買って帰ってくれたお客さんが再来店してくれる可能性よりも低いように思う。人はその店で買い物をすれば（どんなに安いものでもいい）、その店のことをよく覚えているものだ。逆に、買わなかった店のことはすぐに忘れてしまう。だから、お客さんに再来店してもらおうと思えば、何でもいいから一冊買ってもらうことが大事なのだ（別に本ではなく雑貨だっていい）。

何を買っていいのかわからない人に本を提案する

本に興味がない人に本を買わせようと思えば「ゲーム感覚」の企画をするのも一つだし、本に興味はあるけど何を買っていいのかわからない人には「その人に合った本」をその人のためだけに提案する必要がある。その二点を踏まえて企画したのが「Branchart」で、店頭で読書診断をしようという試みだった。その人の読むべき本がチャートの質問項目に「YES」「NO」で答えていくことで自然と導かれる（1〜32の番号に導かれる）。オリジナルカバーの表紙には1〜32の番号を、裏表紙にはその本の印象的な一節を記載した。

人生編・恋愛編・仕事編・番外編（ぼんやり編）を用意し、それぞれ別の選書家がチャートの作成と選書を担当した（恋愛編はSUNNY BOY BOOKSの高橋和也氏、仕事編はnumabooksの松村孝宏氏、番外編はPaperwall国立店の小宮健太郎氏、人生編はぼくが担当）。四人の個性が色濃く反映された企画になったのだけれど、すべての質問項目の回答（YES・NO）を網羅した選書をしなければならず、想像を絶する大変さだった。高橋さんは休日に図書館にこもって取り組んでくれたし、小宮さんは「こんな仕事、引き受けなければよかった」と言いつつもユニークなチャートと選書を完成させてくれた。

お客さんの反応は非常に良く、中でも十代～二十代のお客さんが（とりわけ若いカップルが）チャートの質問項目に回答しながら盛り上がっている場面が多く見られた。本に興味がなさそうな若い方に本を手に取ってもらうことは充分にできたように思う。それに、本屋という場所でお客さんがキャッキャッ言いながら楽しんでいる光景は今までにほとんど見たことがなかったし、こういう試みはとても大事なことなのだと気づかされた。あらゆる手を尽くしてお客さんを楽しませることが、そのお客さんの次の来店を促すことになるはずだし、お客さんの笑顔を見ることができるのは純粋に嬉しい。そういった原初的な喜びを再認識することができたように思う。

5 文額 ~STORY PORTRAIT~

お洒落な装丁の文庫本（古書）を額装し、部屋に飾るオブジェとして販売する企画。文庫本がおさまる厚みのある木製の額を制作し、古書店で背取りした文庫本を額に入れた状態で販売する。本を「読書用」として販売するという固定観念から脱却し、部屋に飾る「オブジェ」として販売することで、普段本を読まない方に本を身近に感じてもらうことが目的。また、文庫本を鑑賞するためのアート作品としての楽しみ方や、プレゼントとして活用することもできる。

本なんて読まなくていい

友人を自宅に招くと、必ずといっていいほど本棚を見られる。それも、チラッと見るのではなくじっくりと舐めまわすように見られる。これは正直つらい。自分のすべてを見透かされているような気がして、おどおどしてしまう。風呂場を覗かれるような感覚にちかい。ぼくも友人宅に遊びに行くときはじっくり本棚をながめるのだけれど、案外家に本棚がなかったり、本がなかったりすることがあって驚く。本のない部屋というのはなんとも落ち着かない。そんな友人のために、部屋のインテリアとして額装した見栄えの良い本をプレゼントしようと思いついたことがこの企画につながった。

親から宿題をやれと頭ごなしに言われるとやりたくなくなるのと同じで、本を読まない人に本を読めと言うのは逆効果だから、「本なんて読まなくていいから、本を部

屋に飾ってください」と主張することにした。部屋に飾る本が増えていけば、いつか自然と本を手にとって読みはじめる日が訪れるかもしれない。

今まで、本を「読書用」として販売することしか考えてこなかったのだけれど、まずその前提を崩してしまい、本を「鑑賞用」であったり「インテリア雑貨」として販売してみようと考えた。本は読まなければならない、なんてルールはない。本は読まない人の部屋に本が進出していくことが第一歩だし、また、本好きな人にとっても額装した本がインテリアとして飾られるのは素敵なことだと思う。

ジャケ買いをよりアートに

この企画を進めるにあたって一番苦労したことは商品原価の高さだった。本を入れるための額な

んて世の中にはないし、当然特注だからコストがかかる。本当は単行本サイズの本がおさまる額を作りたかったのだけれど、額のサイズが小さければ小さいほどコストダウンになるし、結局は文庫本サイズで展開することになった。もう一つ苦労したのは、文庫本の種類によって背幅が異なる点。額に入れる際、文庫本の背表紙と額の背板の空間をどのように埋めて固定するのかが問題となった。板バネを使う案もあったが、結局は圧縮スポンジを使うことになった。

また、中に入れる文庫本も新刊本ではコストがかかるため、古書を使用することにした。絶版になっているものや、旧版で装丁がお洒落なものを背取りし、額装してみると想像以上に見栄え良く仕上がった。表紙の色褪せた感じがかえって格好良く、新刊本を使用せず古書を使用したことが功を奏した。

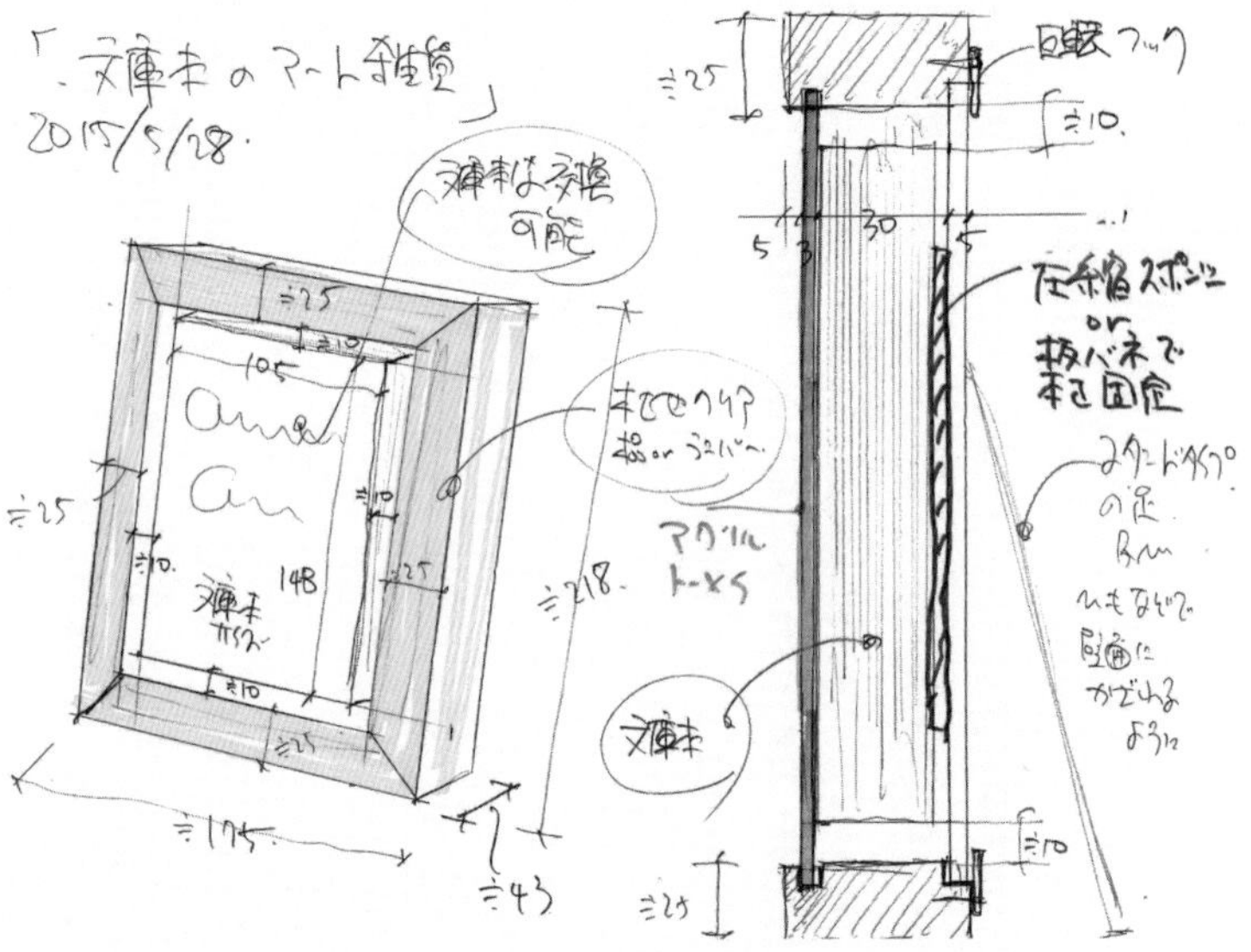
2015/5/28
≒25
105
148
≒10
≒175
≒218
≒43
30
圧縮スポンジ
or
板バネで
軽く固定
文庫本

双子のライオン堂店主・竹田信弥氏が考える
「新しい本の売り方」

竹田さんの考えることはおもしろい。富山の薬売りのようにオフィスに本を置いてもらったり、回転寿司のように本を回転させてみたり、今まで誰も思いつかなかったような「実験」を次々と繰り返している。居酒屋ならぬ「居本屋」や、本屋の総合展「百書店の本屋祭」というイベントを開催してみたり、次から次へとおもしろそうなことにチャレンジしている。

竹田さんが双子のライオン堂をオープンしたのは二〇一三年四月。学生の頃からやっていたネット古書店である双子のライオン堂を実店舗化させた。その後、二〇一五年十月に店舗を港区赤坂に移転させ、今に至る。双子のライオン堂は「選書専門店」で、小説家をはじめ多彩な専門家の選んだ本を販売している。今までになかった新しいスタイルの本屋だ。

竹田さんは常にいろいろなことを考えている。もの凄いスピードで思考しながら、それを着実にカタチにする。発想力と行動力を兼ね備えた竹田さんに、今考えているアイデアや、今後実現してみたい「新しい本の売り方」を教えてもらった。

「耳を澄まし、実践する日々」

竹田信弥（双子のライオン堂店主）

はじめまして、双子のライオン堂という小さな本屋をやっています。ただ黙っていても本が売れないので、日々なんとか本を売ってやろうと目論んでいます。もちろん、無闇に本を売りつけるようなことはしたくありません。なるべく、必要としている人に必要な本が出会う仕組みが作れたらと試行錯誤しています。

大前提は、単純に楽しんで買ってもらいたい。なんとなく買うよりも、楽しいという「体験」が付加された方が、本屋にとっても、読者にとっても、素晴らしい。

本を売ることを考える上で、読者の声に耳を澄ますということを心がけています。

以前、実験的に選書サービスを行っていました。好きな作家や本、年代、関心事項に加えて本棚の写真を見せていただき、その方にあった本を五十冊推薦するものです。サービス開始から一年で約七十人近くの方から応募がありました。きっかけは、「新刊もたくさん出るし、昔からある名著と呼ばれる本もたくさんあるし、どの本を読めばいいか本屋に行っても迷ってしまう」という読者（お客様）の声でした。町の小さな本屋が減ってしまい、残っているのは大型店ばかりです。インターネット書店や電子書籍に負けないようにと在庫の数は増えている傾向がありますが、読者視点からすると選択するにも道しるべもなく、時間もないので結局なにも買わないこともあるということがわかりました。たしかに、本屋大賞や○○書店選書は好評ですし、雑誌にブックランキングが掲載されると売れます。これは、誰もがどの本を読めばいいのかわからないという問題があるからです。そういえば、小学生の頃に馴染みの本屋（十坪もない小さな町の本屋で、十年前に閉店しています）で店主に「この本のあとはこっちも読んでおきな」と諭されたことを思い出しました。大型書店だと、こういう読者との関わりが持てることが少ないでしょう。

もうひとつ、オフィス文庫という企画も行いました。要望をいただいた企業に本棚を出張する試みです。これも「仕事で深夜に帰宅することが多いので本屋に寄れない。二十四時間やってる本屋が近くにあるといいのに」というぼやきを聞いて提案しました。その人のためにお店を新しく作ってあげたいのはやまやまなのですが現実は無理です。そこで、富山の薬売りやオフィスグリコの要領でオフィスに本屋さんを作らせてもらえばいいのかと思いました。導入に結構手間はかかったのですが、思わぬ嬉しいこともありました。その会社の多くの人が買ってくれたことです。

本屋が低迷している中、これから本屋になりたい人を応援し、本屋の可能性を広げるために新しいタネを蒔くためのイベント「本屋入門」を開催したときのことです。ここでは前半は業界についての座学、後半はそれまでに学んだことの実践ということで期間限定書店を営業します。イベント参加者と一緒に「今の本屋に足りないもの」を考えて、実現してみました。大きな目玉は、回転寿司のレーンに本があるという本屋好きが一度は空想することを、最低限の予算で努力した「回る本屋」です。参加者の方がおもちゃの電車を少し改造して本を積めるようにし、棚の上でくるくると表紙を見せながら回るという斬新なものを作ってくれました。

また、〇〇大賞などの十年間の二位を集めた「二位選書」。作家さんが小説を作っているところを見れたらいいなと作家をお招きして、書いている姿を見て投げ銭する「ライブライティング」などなど、他にもアイデアだけなら数え切れないほど出ました。

この企画からわかったことは、「欲望」に準じていたこと。それらを逃さないように、受講生同士が良い耳をもっていたのだとも思います。

これから本屋が生き残るためには、エンターテイメント化が必要です。楽しんで足を運んでもらい。そこで本の購入にも繋げる仕組み作りが大切です。まだまだ本屋は読者の欲望を解消しきれていないと思います。もっと楽しくなれる可能性があるのです。

何も派手なことをやることばかりがエンターテイメントではなく、そのお店の層にあった楽しみの提供を目指せばいいのです。

私は最近「読者主義」という言葉をいつも頭において置くようにしています。どんな小さな声も聞き逃さないようにしたい。少なくとも当店に来てくれた方の声だけでも。そのためにも、常に耳を澄ますことを心がけているのです。

最後に、これに加えて、何事にもトライすることも大事にしています。意見だけ集めて出来たアイデアを机上で有りか無しかを判断するのならば、実際に試していただいてみる方がよいと思うからです。「選書」も「オフィス文庫」も、本屋入門でのアイデアも、何でもかんでも面白そうなことは出来る限り試してみました。結果として、商売的な観点では失敗の方が多いでしょう。でも、次に繋がったりもするのです。

本との運命的な出会いを演出する「ガチャ本」やモニターにお店の在庫にある本の表紙をランダムで表示して、任意のタイミングで写真を取ると本を選べる「本くじ」、本に直接レコメンドが付いている棚など、完全なオリジナルというのはなかなか難しいのは承知の上で、読者に楽しんでもらえるように実践していきたいです。この業界は、失敗を恐れすぎていやしないか、たまにそう思うことがあります。小さな本屋には失うものはありません。ぜひ、みなさまの声を聞かせてください。一緒に新しい本屋にタネを蒔きましょう。

Profile

竹田 信弥 (たけだ しんや)

1986年東京生まれ。大学で文芸を志すも、卒業後はベンチャー企業へ就職。一度転職をするも「本」への思いが断ち切れずに、高校時代にはじめたネット古書店「双子のライオン堂」を本業にしたいと独立。2013年4月、文京区白山に「選書」専門店として「双子のライオン堂」を実店舗オープン。2015年10月、「100年残る本と本屋」をモットーに店舗を港区赤坂に移転。独自のサービスとして、「双子のライオン堂サテライト」「ブックマッチングサービス(BMS)」「OFFICE文庫」「百書店」「本屋入門〜あしたから本屋さん〜」などがある。

双子のライオン堂

住　所　〒107-0052 東京都港区赤坂6-5-21　101
営業時間　水曜日〜土曜日 15:00〜21:00／日曜日不定期
休 業 日　月曜日・火曜日
U R L　http://liondo.jp/
アクセス　千代田線・赤坂駅　徒歩約5分
　　　　　銀座線・赤坂見附駅　徒歩約11分

第4章

どくりつする

本屋の営み方を考えよう

課題4

本屋を営むとしたら、どんな本屋をつくりたいですか？

P136～P203で紹介する三人は、
書店での勤務経験を活かして独立された本屋さんです。
彼らの仕事を参考にしながら、
自分だったらどのような本屋をやってみたいか
具体的に考えてみましょう。

MEMO

1

〈Title〉

辻山 良雄

荻窪にできた「まちの本屋」

生まれてから二十八年間を過ごした神戸から上京するとき、何の迷いもなく荻窪に住むことを決めた。小沼丹の随筆に「荻窪」という地名がよく出てくることもあり、見ず知らずの荻窪という土地に親近感を持っていたからかもしれない。

井伏鱒二の『荻窪風土記』にも記されている通り、荻窪には戦前から作家、画家等の知識階級が多く住んでいた。井伏鱒二を師と仰ぐ小沼丹は、著書『清水町先生』の中で井伏鱒二との交遊について詳細に記している（清水町は現在の杉並区清水一丁目〜三丁目）。また、上林暁も荻窪に縁があり、天沼《てんぬま》（現在の天沼一丁目）での生活が長かった。

そんな荻窪で暮らしはじめて三年、本は荻窪駅南口側にあるささま書店（古書店）で買うことが多かった。ささま書店に行けば、必ず読みたい本が手頃な値段で手に入る。けれど、読みたい本と必ず出会える新刊書店が荻窪には存在しなかった。だから、二〇一六年一月に新刊書店の Title が荻窪にオープンすると知り、心の底から喜んだ。

店主の辻山良雄さんとはじめてお会いしたのは二〇一五年の八月だった。そのときすでに独立開業に向けた準備をされていて、西荻窪から三鷹あたりの中央線沿線で物件を探しているらしかった。ぼくは、はじめてお会いする辻山さんの朗らかさと、多くを語らずに多くを伝える存在感に魅了され、「はやくこの人が開業するお店に行ってみたい」と心の中で思っていた。そして、その日からずっと「荻窪にオープンしてほしい」と願い続けてきた。

荻窪にオープンすることになったのは、もちろんぼくが願い続けたからではない。けれど、本当に嬉しかった。ぼくの誕生日でもある一月十日に産声をあげた「Title」は、ぼくにとって何ものにもかえがたい誕生日プレゼントになった。

本は好きなお店で買いたい

辻山さんは一九七二年生まれの四三歳。ぼくと同じ神戸生まれ。いつも上機嫌な方だ。リブロ池袋本店でマネージャーを務め、二〇一五年の池袋本店閉店に伴い退職し、独立開業の道を歩むことになったが、池袋本店の閉店を知るより前に辞職を願い出ており、閉店が直接的なきっかけになって独立を決めたわけではないそうだ。

「Title」は荻窪駅から青梅街道沿いに西へ歩いて約十分の住宅街に位置する。もともと民家だった二階建ての一軒家をリノベーションし、一階には本屋部分と喫茶スペース、二階にはギャラリーを設けている。

本の品揃えは幅広い。衣・食・住などの「生活」にかかわる本をはじめ、文学や哲学、芸術、社会、ビジネスなども取り揃えている。文脈棚による「セレクト書店」ではないけれど、品揃えや棚作りに辻山さんの意志が色濃く反映されている。

はじめて「Title」を訪れたとき、すぐに店に馴染んでいる自分自身に驚いた。というより、長年この店を利用しているような不思議な感覚に陥った。そして、「Title」を訪れる周辺住民のお客さんも、ずっと店に溶け込んでいるように思えた。すぐに「Title」はぼくの生活の一部になった。休みの日には必ず足を運び、ほしい本が棚になければ取り寄せをお願いするようになった。新刊本を買うときは必ず「Title」で買う。本だけは自分の好きなお店で買いたいからだ。

これからのTitle

ここ十数年、東京都内で独立系の新刊書店がオープンすることはほとんどなかった。だから、辻山さんが出版取次である日本出版販売と口座を開き、新刊書店をオープンすると聞いて驚いた。もちろん、辻山さんの古巣であるリブロが日本出版販売の傘下にあることも、大きく影響していると考えられる。

「Title とほぼ同時期である二〇一五年十一月に京都・河原町丸太町にオープンした「誠光社」も独立系の新刊書店だ。けれど、取次会社を通さず各出版社と直接取引をする形で運営している。店主は、京都市左京区にある名店「恵文社一乗寺店」の店長を十三年間務めた堀部篤史氏。

両者とも長年勤務した書店を退職し、小さな本屋を独立開業した点は共通しているが、取り入れている本の流通の仕組みがまったく異なる。辻山さんが取次を通して新刊書店をオープンした意図はどこにあるのだろうか。

また、Title の今後の取組みも気になるところだ。Title のホームページに記載されている事業内容には、古書・古物の小売販売、書店・本棚のコンサルティング、出版物及びそれに類する商品の製造販売などがあげられている。

これまでの Title とこれからの Title について、辻山さんに詳しく話を聞いた。

INTERVIEW

辻山 良雄

（Title）

それって会社員だし、書店人とはまた違うじゃないですか

――オープンから約二ヶ月が経ったかと思うのですが、お店の状況はどうですか？

辻山　オープン直後は、前もってブログをやっていたこともあったのか、わりとたくさんお客さんが来て下さって、本好きな方とか業界関係者の方とかが来ていたんですけど、最近は近所のお客さんの方が目立ちはじめてきて、客注とか定期が少しずつ増えてきました。

――はじめて来たときから感じていたんですが、すでに何年も前からこの場所にTitleがあるような不思議な感覚があって、お客さんもすでにお店の空気に馴染んでいるような気がしたのですが、お客さんの反応はどうですか？

辻山　前までは池袋で勤めていて、そこはターミナルビルだからとにかく忙しいんですよ。お客さんもパッと来て、目的のものだけ買って帰るという感じでした。ここは都心の山手線圏内から少し外れたところにあるし、荻窪でも駅から十分強歩くようなところなので、急いでいる人はまずいないですね。なので、馴染んでいるように見えるのは、お客さんがゆっくり店を見ているとか、そういった空気感もあるだろうし、単純に建物が古いというのもあると思うんですけどね（笑）

――開業されたきっかけはいろいろあるかと思うのですが、最終的に「よし、やろう」

と思ったきっかけや時期を教えてください。

辻山　最終的な時期は池袋がなくなるとわかったときですね。池袋がなくなるときに、もう別にこの会社で自分がやることは残ってないなと思ったんですよ。

――（笑）

辻山　あのまま会社にいたとしたら、店長になるか、店を束ねているエリア長になるか、部長になるか、そんな感じなんだけど、それって会社員だし、書店人とはまた違うじゃないですか。なので、池袋がなくなるという話になったときに、会社にはいろいろとよくはしてもらったんですけど、まぁ恩も返したしいいか、みたいな（笑）あと、自分が外で頑張ることで、リブロ池袋本店という店の価値が上がればということも少し考えていました。

――なるほど。大手のチェーン書店で勤める上で何かストレスみたいなものはありましたか？　やりたいこととやらなければならないこととの間にギャップみたいなものはなかったのでしょうか？

辻山　それほどなかったですね。仕事でストレスを感じることもないし。今の世の中って、会社に組織で入っている人もいるし、フリーで入っている人もいるじゃないですか。組織にいてもフリーのような感じでやっていて、そういう仕事の仕方もできなくはありません。まぁ、会社とうまく話して、結果も残しつつ、自分のやりたいことをそこでうまく実現する。そんな感じでやっていたので、ストレスというのはまったくなかったです。たぶん、数字で語り合ってなかったからだと思いますけどね。

——オープン前に「こういうお店にしたい」というイメージはありましたか？

辻山　正直、絵が思い浮かんでいたというのはないです。実際にやる場所とかロケーションとか広さがわからないと、具体的にイメージできないと思うので。なんとなくセレクトショップ然としていない店で、ギャラリーを付けて遠くからお客さんを呼べるような店にしたいというのは少し考えていました。あと、ブログにも書いたんですけど、福岡のブックスキューブリックですね。あそこはだいたいうちと同じくらいの大きさで、少しぼんやりとイメージをしていたかもしれません。

——たしかにお店の感じが少し似ているような気もします。完全なるセレクト書店という感じではなく、町の本屋の要素がありながらも、ちゃんと本を選んでいる感じがします。

自分の気持ちに正直になった方がいい

——品揃えはどのようなことを意識してされましたか？　Title の棚を見ていると、言葉でうまく説明できないのですが、すごく「しっくり」くるような気がしました。本って実用書と非実用書の二種類があって、実用書はすぐに役立つもの、芸術書とか文芸書などの非実用書はじわじわ効いてくるものだと思うんですけど、それらのバランスがすごく絶妙だと感じたんですが。

辻山　選びたいものだけで選ぶと非実用書ばっかりになるんです。なので、まず非実用書から選んで、それだけにならないように、取次のデータを使って「体の仕組み」みたいな本とか、「ガンになったら」みたいな本を最終的に挟んでいきました。近所の人にとっては実際に必要とされているものですからね。「週刊文春」なんかも似たような考え方で入れています。

――僕の好きな後藤明生とか藤枝静男とかピンチョンもある一方で、実用的な育児の本やコロコロコミックまで置いてあるのがとてもいいなと思っているんですが、実際に売れていくものはどういうものが多いのでしょうか？

辻山　今までは非実用的なものがよく売れていました。店に入ってきたときに、そういうお店だなというイメージはみなさんが持たれるかと思うので。

――売上の構成比はどのような感じですか？

辻山　今のところ本がよく売れています。本で七十％、リトルプレスで十五％、カフェで十％、雑誌で五％。ざっくりというと、そんなもんじゃないですかね。

――若松英輔さんの『悲しみの秘義』がよく売れているんですよね。

辻山　あれは展示をやっていた影響もあるんですけど、だいたいひと月で百七十冊くらい。

――凄いですね。

辻山　あと売れているのは都築響一の『圏外編集者』が四十冊くらい、『へろへろ』は七十冊、『ヨレヨレ』は四号合わせて三百冊くらい。『かわいい夫』とか『かなわない』とか。小商いのところばかりですね（笑）

――ナナロク社さんとか、タバブックスさんとか、丁寧につくられている本がとても大事に扱われている感じがします。二階の展示ですが、今後の予定は決まっていますか？

辻山　だいたい三週間に一回のペースで替えていくつもりです。次が小林エリカさんの原画展、その次は京都のイラストレーター赤井稚佳さんの展示、あとは甲斐みのり・杉浦さやかの蚤の市。二階のギャラリーでも実売をとっていかないとダメだと思っていて、なるべく作品を売れる人だったり、そういうものをやっていこうと思っています。

――二階をギャラリーにされたのはどうしてでしょうか？

辻山　さっき少し話したように、場所が少し駅から離れているので、近所の人だけではなく遠方からわざわざ来てくれる人を増やすことが目的です。ここにしかないものをいかに持つかが大事なんですね。ここでしか展示していない原画があれば好きな人はわざわざ来るでしょうし、リトルプレスも中央線ではここにしか置いていないというものがあれば、それを目的に来てくれますよね。もっと言うと、ウェブショップみたいなので全国に広げないと。昔からの本屋みたいに、ここでおじさんがずっと座っているみたいな感じだと、やっぱり厳しいと思うんですよね。

――地元のお客さんだけではなく、わざわざ遠くから来てくれるお客さんをつくっていくための展示でもあるわけですね。今のところ、地元のお客さんと遠方からのお客さん、どちらの方が多いですか？

辻山　それはわからないですね。ただ、横浜や千葉から来る人もいるし、福岡とか仙台から東京に遊びに来た人が来ることもあります。京都に行ったら誠光社に遊びに行くというような、観光目当てのお客さんもいるし。そういうお客さんはどんどん入れ替わっていくので。東京も観光地の要素はありますし。たまに東京に来たときに来てくれるといいなと思います。本屋好きの人は、福岡に行ったらキューブリックに行こうとか、熊本に行ったら長崎書店と橙書店に行こうみたいな感じなので、そういう人たちも来てくれたらいいなと思っています。

――なるほど。ちなみに荻窪に出店された理由は何でしょうか？　時間をかけて物件探しをされていた印象がありますが。

辻山　中央線の三鷹、西荻、荻窪というのは、古本屋さん含め本を大事にしている土壊がありますよね。あとは、ずっと店に一日居ることになるので、あまり着慣れない服を着て一日居るのも気持ちが悪いのと同じように、居てしっくりくるようなところがいいなと。

――これから本屋さんをしたい人に、物件を探す上でのアドバイスはありますか？

辻山　最終的には運とか巡り会わせなのでなんとも言えないのですが。できるだけ自分が好きな場所はどこなのか、という自分の気持ちに正直になった方がいいとは思います。有名な駅だからとか、人通りが多いからとかより、なんとなくここでやりたいという気持ちがあった方が後悔もあまりしないでしょうし。

本に関わることは何でもしたい

――先程、誠光社さんのお話が出ましたが、ほぼ同時期にオープンされていますよね。でも、運営の形態が大きく違います。取次と契約をして新刊書店をオープンした理由はどこにあるのでしょうか？

辻山　とにかく本の種類を増やしたいと思ったんです。セレクト書店に不満があるとすると、どこも置いてある商品が似ていたりとか、そこに置いてありそうなリトルプレスが置いてあったりとか。売上も選べる幅によりけりなのかなと。いろんな種類の本の中から選ぶ楽しみというのもあると思うので。あとは、直扱いで買取りだと、なかなか置いてある本が変わっていかないですし。その点、取次経由だとフレキシブルにできます。ただ、直でやろうとか取次でやろうとか、あまり深く考えていなかったですね。前に勤めていた会社が日販から社長が来ていたのもあり、相談できる環境もあったし、ありがたいことに支払える状況でもあったので。

――僕も取次出身なんですが、最初取次に入ろうと思ったのは、二十歳くらいの頃に小さな新刊書店をやるのが夢で、でも取次が口座を開いてくれるわけもないし、だったら取次に入社してコネを作っておけば、将来口座を開いてくれるかもしれないという、浅はかな考えがあったんです。

辻山 (笑)

――現状で言うと、若い個人の方が取次と契約をして新刊書店をオープンするのはすごくハードルが高いと思うのですが、どれくらいの資金がかかっていますか?

辻山 取次と契約してかかる資金というのは、信認金(保証金)が月の取引の二ヶ月分と初期在庫の商品代なので、計八百万円程度です。信認金と在庫代の話でいうと、月にどれだけ売りたいかなんです。駅前で五百万円くらい売りたいとなると、信認金はなかなか払えない金額かなと思うんですが、まぁ百万円とか二百万円程度であれば成り立つかもしれない。月百万円程度の取引で、そこしか走らないトラックを走らせるのは無理だろうし、ロケーションの問題もあるんでしょうけど、取次さんも取引は増えた方がいいだろうし、どうメリットを説明できるかだと思うし、話は聞いてくれるんじゃないでしょうか。

——これからのTitleのことを教えてください。古書・古物の販売や出版物の制作なども予定されていると思うのですが。

辻山　リトルプレスを作ろうと思っています。あとは、書評の仕事をちらほら頂いたりとか、カフェに本を選ぶ仕事も頂いています。ここでじっとしているだけだと厳しいと思っているので、本に関わることは何でもしたいと思っています。書く、作る、違う場所でやる、それくらいしかないのかもしれないですけど。

——カフェに本を選ぶ仕事はすでにされているんですか？

辻山　大手町にあるタミルズさんの選書を一度やりました。あとは、軽井沢のセゾン美術館、西荻の松庵文庫というカフェからもお話を頂いています。本を選び、Titleから卸しています。

——オープンに際して、いろいろな経費がかかっているかと思いますが、コストダウンするために工夫された点はありますか？

辻山　什器は閉鎖店舗から安く譲り受けました。あと、ブックカバーはロットを上げても一枚六円から十円くらいは取られるので、再生紙へのスタンプで済ませました。紙は一番安いものの一つ上のものを選びました。0.1ミリ違うだけで雰囲気が変わるし、持った感じも違います。

――内装とか外装を含め、店をつくる上でこだわった点はありますか？

辻山 この建物を見たときに、かなり古いなと思ったんですが、それは年月の積み重ねでしか出せないものだから、逆にそれを活かそうと思ったんです。看板建築風の外見もそうだし、梁もそうだし。いい空間で本をゆっくり選んでもらいたいなと。

まったく新しい、けれどなつかしい。今までそこになかったけど、ずっとあったような空間

――辻山さんにとって「本屋」とはどういうものですか？

辻山 当たり前にあるようなものですかね。普通に毎日出入りするというか。当たり前にある感じなんですよ。特別ではないもの。だから、それほど語ることもないんだけど（笑） あるといいというか、あるのが当たり前な感じです。

――その感覚、少しわかるような気がします。Titleもそんな空間ですよね。冒頭でも言いましたが、Titleって何年も前からずっとあるような不思議な感じがするんですよ。そういう空気感って、辻山さんのこういう思想がベースにあるのかなと勝手に思いました。

辻山 いしいしんじさんに、前の会社を辞めるとき、これから自分の店を作ろうと思

いますというメールを送ったんです。するとお返事をくださって。うちのホームページに「まったく新しい、けれどなつかしい」って書いているんですけど、それは実はいしいさんが言ってくれた言葉なんです。「まったく新しい、けれどなつかしい。今までそこになかったけど、ずっとあったような空間」っていう。それを使わせてもらったんです。

――いしいさんの言葉、凄いですね。まさに言い当てています。

辻山　昔はこういうサイズの本屋っていっぱいあったと思うんですけど、今は逆に新しかったりとか、懐かしかったりとか。図らずもそうなっているなと思います。

――「これからの本屋」について辻山さんが思っていることを聞かせてください。

辻山　本屋の数が少なくなっていくのは仕方がないのかなと。ただその分、これからの本屋は本のことをもっと知らないといけないのかなと思います。当たり前のことですけど。米屋さんは米のことを知っていますよね。米の炊き方とか、何と合わせればいいとか。それと同じようなものですよね。要は昔に戻るということ。もともと本屋はそういうものだったと思うんですよ。この何十年かがおかしかっただけで。

――五百坪の書店より五坪の本屋の方がすごく大きく感じるときがあって、そういう感覚って、店主が一冊一冊仕入れている本と丁寧に関わっているからこそ醸し出される空気感だと思うんです。Title も坪数でいうと規模は小さいかもしれませんが、とっても大きな本屋に見えます。これから本屋をしたい人に何かアドバイスはありますか？

辻山　やりたければやったらいいとは思うんですが、やっぱりいろいろ知らないとなかなか上手くいかないとは思うんです。商品について知るというのもそうだし、売れ方について知るというのもある。こういう風に扱うとこう売れていくとか、ここを押すとこういう反応があるとか。新刊書店のチェーン店でもいいし、古本屋をやるなら音羽館のようなところでもいいし、なんらかの修業というのは必要かなと思いますね。

——なるほど。ぼくは今三十二歳なんですが、辻山さんは三十二歳の頃、どんなことをされていたんでしょうか？

辻山　名古屋に転勤したての頃だったと思います。ブックマーク名古屋というイベントをやろうとしていた頃ですね。

——当時はどんなことを考えていらっしゃったんですか？　もうその頃から本屋をやりたいというのは思っていたと思うんですが。

辻山　ぜんぜん思ってなかったですね。会社にいる自分の先の道というのがもう少しあったというか。もうちょっとやることがあるなと。ただ、イベントを一緒にやる人って、シマウマ書房さんとかON READINGさんとか、たいがい個人で店を構えていて、そういう人たちと普通にしゃべっていると、なんとなく自分もこうなるのかなというのは、ぼんやりとは思っていました。

——辻山さんが仕事をされる上で一番大切にされていることは何でしょうか？

辻山　自分に正直である、ってことじゃないですかね。恵まれているのかもしれないですけど、これまでも嫌な仕事ってやってこなかったんですよね。やってこなかったというか、やっているうちに「こいつはそんな奴だ」ということで、何も言われなくなったというか。ただ、何も言われなくするというのは才能なので（笑）

——それ、すごくわかるような気がします（笑）

辻山　売上に直結することは会社としてやらないといけないから、そんなのは別にやるんだけど、魂までは売りたくない。自分のやりたいことがないって人もいるんでしょうけど、もしあるんだったらやった方がいいと思いますね。どこにいても。

※ギャラリーの展示予定は取材時（二〇一六年三月）のものです

Title
店内見取図

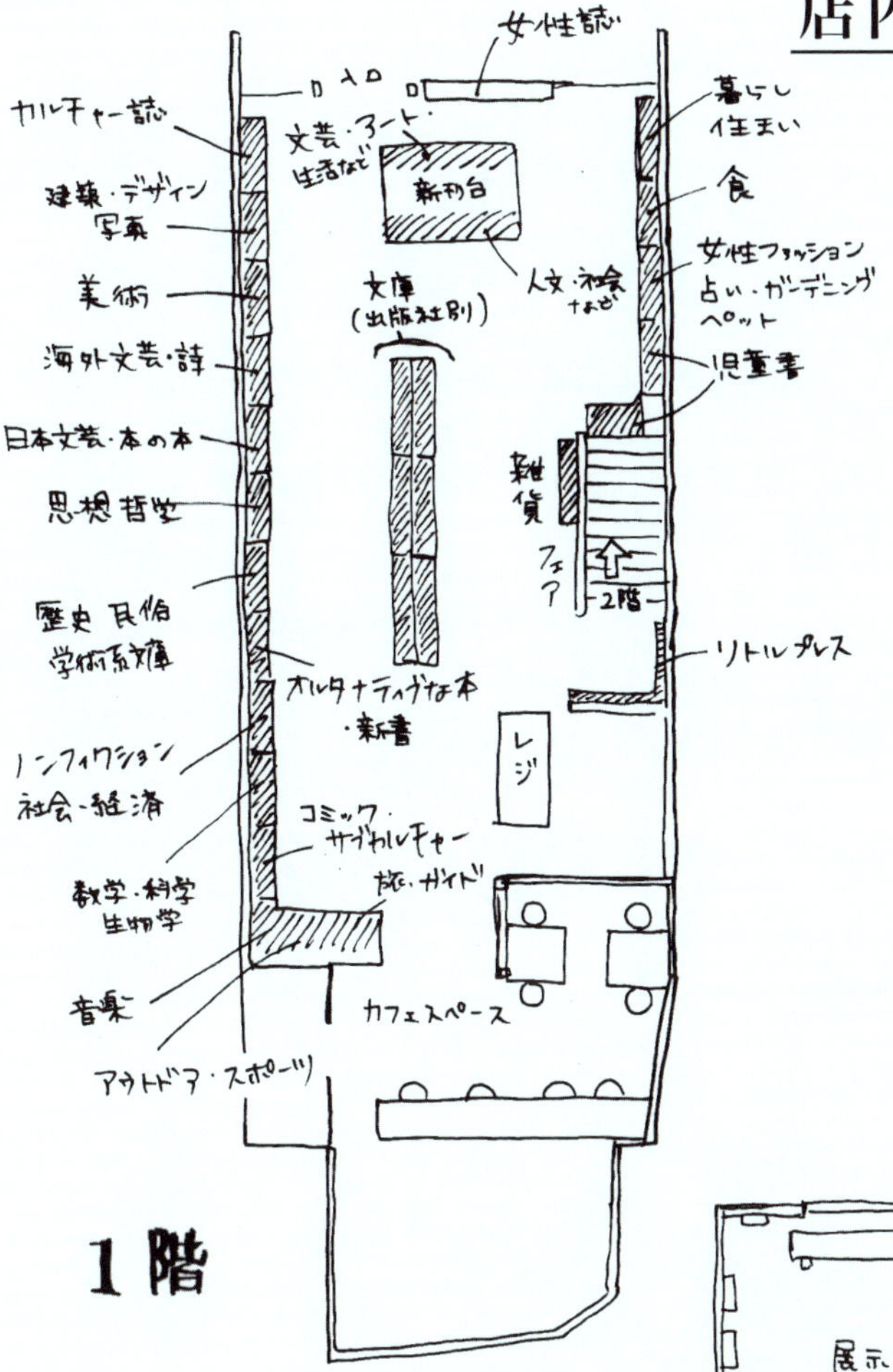

1階

2階

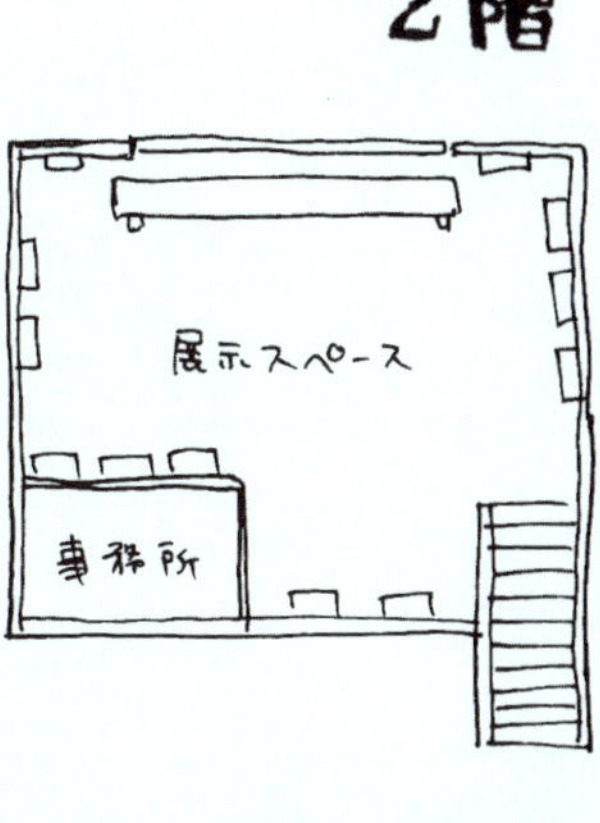

経歴 -辻山 良雄-

1997 ㈱リブロ入社

2003 リブロ広島店店長

2006 リブロ名古屋店店長

2009 リブロ池袋本店書籍館マネージャー

2014 リブロ池袋本店統括マネージャー

2015
7月 リブロ池袋本店閉店まで勤務ののち退社、Title開店準備
11月 ㈱タイトル企画創業

2016 1月 荻窪に、本屋＋カフェ＋ギャラリーの「Title」オープン

Title（タイトル）

住　所	〒167-0034 東京都杉並区桃井 1-5-2
T E L	03-6884-2894
営業時間	11:00 ～ 21:00
休 業 日	水曜日・第三火曜日
U R L	http://www.title-books.com/
ジャンル	衣、食、住、文学、哲学、芸術、絵本など
アクセス	JR中央線・荻窪駅　徒歩約10分

本屋 Title
防犯連絡所

open
へろへろ
GRANTA

2 〈SUNNY BOY BOOKS〉

高橋 和也

日だまりの本屋

SUNNY BOY BOOKSという本屋に出会ってすでに二年になる。はじめてお店に行ったときのことはよく覚えている。よく晴れた水曜日の夕方だった。お店に足を踏み入れた瞬間、なぜか「懐かしい」気持ちになった。どれだけの言葉を費やしても伝えることが難しい心地好さ。日向ぼっこでもしているような至福感。そうか、ここは「日だまり」なのかと妙に納得していると、店内にいた小さな女の子がミルキーをくれた。「ん?店主の子どもかな……」と思っていたら、近所に住んでいる子どもだという。このお店は誰にでも開かれているのだなと安心した。子どもは日だまりを好む。おそらくは無意識的に。ぼくも日だまりが好きだ。

ぼくは人見知りで、初対面の人と話をするのが苦手だから、好きな本屋と出会っても、店主とお話しするようなことはほとんどない。けれど、SUNNY BOY BOOKSの高橋和也さんとはいつのまにか仲良くなった。今ではぼくの数少ない飲み友達の一人だ。

高橋さんには「引力」がある。人を惹きつける魅力があるから、高橋さんの周りにはたくさんの素敵な人たちが集まるし、次々に新しいことが起こる。これは、本人の努力と行動力がなせる業なのだとわかってはいるけれど、きっと生まれ持った天性の部分も大きい。誰からも愛され、人を惹き寄せる「引力」を持っている。ぽかぽかしている日だまりに人が集まるように、高橋さんの周りには人が集まる。僕が SUNNY BOY BOOKS に遊びに行く目的は、本を買いに行くというのももちろんあるが、高橋さんに会いに行くというのが大きい。

高橋さんは一九八六年生まれの二九歳。大学生の頃に大手書店チェーンで勤務後、卒業後は別の新刊書店での勤務を経験し、二〇一三年六月に東急東横線学芸大学駅から徒歩五分の場所に SUNNY BOY BOOKS を開業し独立した。ほんの五坪の本屋ではあるけれど、文学・思想哲学・音楽・映画から絵本や女性実用書まで品揃えは幅広い。平台では催事が開催され、それを目当てに来店されるお客さんも多い。平台での催事や展示については、クリエイターから高橋さんに声がかかることもあるが、基本的には高橋さんからクリエイターの方々に依頼している。半年先くらいまでは常に催事の予定が決まっている。

持ち前のセンスと行動力は、店内だけで発揮されるわけではない。SUNNY BOY BOOKSと古書リーディングッドの古本ユニット「本屋の二人」での活動など、本屋の外での取り組みにも積極的だ。「本屋の二人」は、二つの古本屋の選書の違いや個性を反映させながら、出没する場所にちなんだテーマで期間限定書店を企画している。二〇一四年七月、吉祥寺にじ画廊での企画（選書テーマは「凧」）や、二〇一五年一月、吉祥寺のNippon Department Storeでの企画（選書テーマ「日本」）等、計四回の活動を行ってきたが、いずれもお客さんの反応はよかったようだ。

小さくて大きな本屋

五百坪の書店よりも五坪の本屋の方が大きい。ぼくは時折そんなことを思う。これは面積の問題ではなく感覚の問題なのだけれど、SUNNY BOY BOOKSは「小さくて大きい本屋」なのだと感じる。世界のすべてが収まっているような感じ。というのは言い過ぎだとしても、店内にある一冊一冊の本を開いた先に、未知なる世界が広がっていそうな「空気感」がそこにはある。

高橋さんはふわふわしていて、接しているだけで癒される。けれど、ものすごく芯がある。絶対に曲げられない信念のようなものを持っている。大学生の頃、当時文学部の専任講師だった小野正嗣さんに「ぼくはいつか本屋さんになります！」と宣言し、その五年後にすぐ実現させた。その信念と行動力が凄い。ぼくは高橋さんのことを心から尊敬している。

高橋さんはどうして本屋になろうと思ったのか。これからのSUNNY BOY BOOKSはどのように進化していくのか。これから本屋を志す若い人たちをどのように見つめているのか。高橋さんに話を聞いた。

―――― INTERVIEW

高橋 和也

(SUNNY BOY BOOKS)

自分が好きだと思うものを売って生きていけたらいいなと

――本屋のキャリアのスタートは学生時代のアルバイトだったと思います。本屋で働こうと思ったきっかけはありますか?

高橋　大学三年生の頃、リブロでアルバイトをはじめたのが最初です。本を読み出したのが大学生の頃だったんですけど、「本屋さんいいなぁ、バイトくらいしてみたいなぁ」っていう軽い気持ちではじめて。そのとき個人でやっている地元のハンバーガー屋さんでもバイトしていて、大学を卒業してからは、青山ブックセンターのアルバイトとハンバーガー屋さんを掛け持ちしていました。その頃から個人で本屋をやってみるのもいいかな、と考えていました。

――書店で働きながら独立する準備を進めていた感じでしょうか?

高橋　そうですね。SUNNY BOY BOOKS をはじめたのが二〇一〇年三月なので、今年で七年目です。地元の柏祭りへの出店が最初でした。その時はサンフランシスコで仕入れてきた洋書を中心に販売しました。

――サンフランシスコに買い付けに行かれたのは店をオープンするためだったのですか?

高橋　ちょっと興味があったんです。海外は自由そうだし。ハンバーガー屋の店長がアメリカ好きで、「本ならサンフランシスコなんじゃないの」と言われ、じゃあ一年間アルバイトしたお金を使って行ってみようと思って。その時は一年間貯めたお金を全部使って帰ってきました。本を仕入れることと本屋を見ることが目的でした。

――アメリカに友人がいて、アテンドしてもらったんですよね。

高橋 小学校からの友達がシアトルにいて、ちょうど春休みだったのでサンフランシスコまで来てもらい案内してもらいました。十日間、運転手から通訳までやってもらって。あらかじめネットと本で行く店を決めていたけど、けっこう閉店している店もあったりして、結局は行った本屋にオススメの本屋を教えてもらい巡っていた感じです。

――リブロや青山ブックセンターでのアルバイト経験は、今の仕事に活かされていますか？

高橋 一番は流通ですね。新刊書店だったので、どういう風に本が流れているのかなんとなくわかりました。あとは棚を持って仕入からやらせてもらえたので、そういうのは大きかったと思います。そのときに知り合った出版社さんと今でも関係があったりもしますし。

――古書のことはどなたから教えてもらったのでしょうか？

高橋 誰にも。しいて言うならしまぶっくの渡辺さん。帳簿の付け方とかも教えてくれました。聞いたら全部答えてくれるので。

――出店場所に学芸大学駅を選んだ理由はなんだったのでしょうか？

高橋　目黒線か東横線か田園都市線で探していました。当時、本のセレクトと卸しをやらせてもらっていたハイマットカフェが武蔵小山にあったので、そこに通いやすい場所にしようと思って。本当はもっと広い物件がよかったので、ここに決まったのは妥協です。お金はないので人通りの多い商店街は無理だなと。商店街だとしても二階、三階になるのはわかっていたので。でも、しまぶっくの渡辺さんと話していて、「絶対路面がいいよ、一階じゃなきゃきついよ」って言われて、一階の物件にしぼって探すようになって、たまたまここの物件を見つけました。

――この物件はもともと何があったのでしょうか？

高橋　倉庫です。隣は今と変わらず、洋服屋さんと電気屋さんの倉庫でした。

――オープン前に「こういうお店にしたいな」というイメージはありましたか？

高橋　いろんな人に来てもらいたいという思いはありました。とは言いつつ、中心になるのは自分と同じ世代。二十代半ばから三十代の人に共感してもらえる、自分が好きだと思うものを売って生きていけたらいいなと。

――実際、どんなお客さんが多いですか？

高橋　オープン当初は客層もばらばらだったけど、最近になって、自分と同じ世代から少し下の世代のお客さんが増えてきたような気がしています。ふらっと来るお客さんよりは展示目当てでわざわざ来てくれるお客さんが多いです。

ちゃんと自分が売りたいものを売る方がいいし、その方が気持ちいい

――品揃えはどの程度客層を意識していますか？

高橋　ターゲットを意識して仕入をすることはあまりないですね。自分が気になるものを仕入れることで、わざわざ来てくれるお客さんが増えるのかなと。自分を信じた方がいいのかなと思います。昨日は千駄木の「手創り市」に出店して、はじめて新刊とZINEだけしか持っていかなかったんです。というのも、「手創り市」は作家さんが作ったものを売っているから、それに合わせて、うちで扱っている作家さんの代弁者として、その作家さんの新刊とZINEを持って行ったんです。すると、結構売れました。客層を意識するというよりは、自分の縁のあるものを来てくれたお客さんにお薦めする方がいいのかなと。オープンする前は「こういう人が来るから、こういうものを置いた方がいいのかな」とか思うじゃないですか。でも、ちゃんと自分が売りたいものを売る方がいいし、その方が気持ちいい。

――なるほど。少し違うかもしれませんが、スタンダードブックストアの中川さんが何かの講演で「マーケティングなんて嫌い！」と仰っていて、それに近いお話かなと思いました。来てくれるお客さんに合わせていくのではなく、自分がいいと思うものを売っていく方がいいですよね。

高橋　自分たちがいいと思うものを発信して、それについて来てくれる人がいる。でも、自分も歳をとるのでそれを続けていくのは大変です。いろんな人たちと関わって、常にアンテナを張っていないといけない。その上でうちは「展示」が求心力になっていると思っているんで。

――SUNNY BOY BOOKS の特長は「展示」が高頻度で開催されていて、しかもどの展示もすごくクオリティの高いものばかりです。オープン当初から展示に力を入れていたのでしょうか？

高橋　二〇一三年八月に『はやくはやくっていわないで』の原画展を開催したのが最初です。二〇一三年六月に実店舗をオープンして、七月の売上がすごく悪くて。これは何かしないとやばいと思っていて。ちょうどミシマ社さんのオフィスにお邪魔したときに、「何か展示でもやりませんか？」とお声かけ頂いて実現しました。すごくたくさんのお客さんが来てくれて。

――本格的に次々と展示が開催されるようになったのはいつ頃からでしょうか？

高橋　まったく途切れなくなったのは、二〇一五年以降ですね。今では展示がないと「やばい」と思うようになってきて。だいたい三週間に一度のペースで展示が入れ替わっています。

――クリエイターには高橋さんの方から声をかけるのでしょうか？

高橋　はい。一度会ったことがある人や、展示で知り合った人などにお願いするようにしています。

――仕入はどのようにされていますか？

高橋　背取りか買取りです。組合には入っていません。費用が高いのと、仕入れる量も少ないので。背取りと買取りだと、背取りの方が多いです。七対三くらいですかね。お店が開くまでの午前中に背取りに行きます。今日も午前中は神保町に行ってきました。

――昨年から金曜日が定休日になったと思うのですが、金曜日は何をされているんですか？

高橋　金曜日が一番忙しくて。朝から神保町で仕入して、それからは展示の入れ替えをやっています。あとは、他の人の展示を見に行ったり。今度うちでやってほしい作家さんの展示を回ったり、本屋を見に行ったりしています。

――土曜日や日曜日は出店されていることが多いですよね？

高橋　そうですね。店を知ってもらうための宣伝です。買ってくれなくても、DMを配ったりしてお知らせができるので。この間、学大のマップも作ったので、それを配れば、本屋には興味がなくても「学大って面白そうじゃん」ってなるかもしれないので。昨日は「手創り市」に出店したんですが、他のブースに行って作家さんとお話もしました。こうやって関係を作っておけば、ひょっとするとうちの展示につながるかもしれないので。

――なるほど。学大のマップ（サニーな散歩道 学芸大よりみちマップ）ですが、ご自分で作られたんですか？

高橋 学大にあるいろんなお店に声をかけて作りました。自分の店も含めて十六店舗です。協賛費として五千円ずつもらい、印刷費とマップのイラストを描いてくれた方への謝礼にあてました。枚数は六千枚作り、十六店舗を中心に配布しています。マップを見てお店に来てくれるお客さんもちらほらいるし、うちでお客さんにマップを渡そうとしたら、すでに「他のお店でもらいました」という方も多いです。

――どんな本がよく売れますか？

高橋 意外に新刊がよく売れるんですよね。本当にいいと思うものと、縁のある方の新刊を極力置いているので。

――今までで一番販売した本は？

高橋 冊数でいうと『映画横丁』ですかね。フェアをやったので。あと、今は入れてないんですけど、太田出版の『ヴァレンシア・ストリート』はけっこう売っているかな。温又柔さんの『台湾生まれ 日本語育ち』も売り切れちゃって。

――もうなくなったんですか？ 先週来たときにはたくさん残っていたのに。

高橋 象の鼻テラスの「BOOK STREET」で売れて、あとは昨日の「手創り市」で売りました。

――SUNNY BOY BOOKSのロングセラー本はありますか？

高橋　長田弘とか。あとは茨木のり子の『詩のこころを読む』とか。ジャンルでいうと外文もよく売れます。最近、棚が薄くなってきたので買取り募集中ですけど。

――グッズと本との売上の比率はどんな感じでしょうか？

高橋　正確な数字はわからないけど、たぶん半々くらいです。だからこそ展示に力を入れているというのもあります。わりとうちは絵が売れるので。値段も安く設定してもらうので、だいたい一万五千円くらいまでですね。先日のオオクボリュウさんの絵も完売でした。

――レジ前に展示スペースができたのは去年の春頃でしたよね？

高橋　そうです。また今度改装するんですが、今度はステンレスが切れるノコギリで棚を半分に切断して、レジ前の壁面の上部がすべて展示スペースになる予定です。

――この棚自体は自分で作ったものですか？

高橋　廃材で作っています。この棚は知り合いの内装屋さんが倉庫の解体のときに譲ってくれたもので、もとは布の生地を入れていた棚なんです。その内装屋さんは譲ってくれるだけでなく、設置するのも手伝ってくれて。費用的にはパーチクルボードを買っただけなので、ほぼかかっていません。棚って普通何十万ってするじゃないです

SUNNY BOY BOOKS
店内見取図

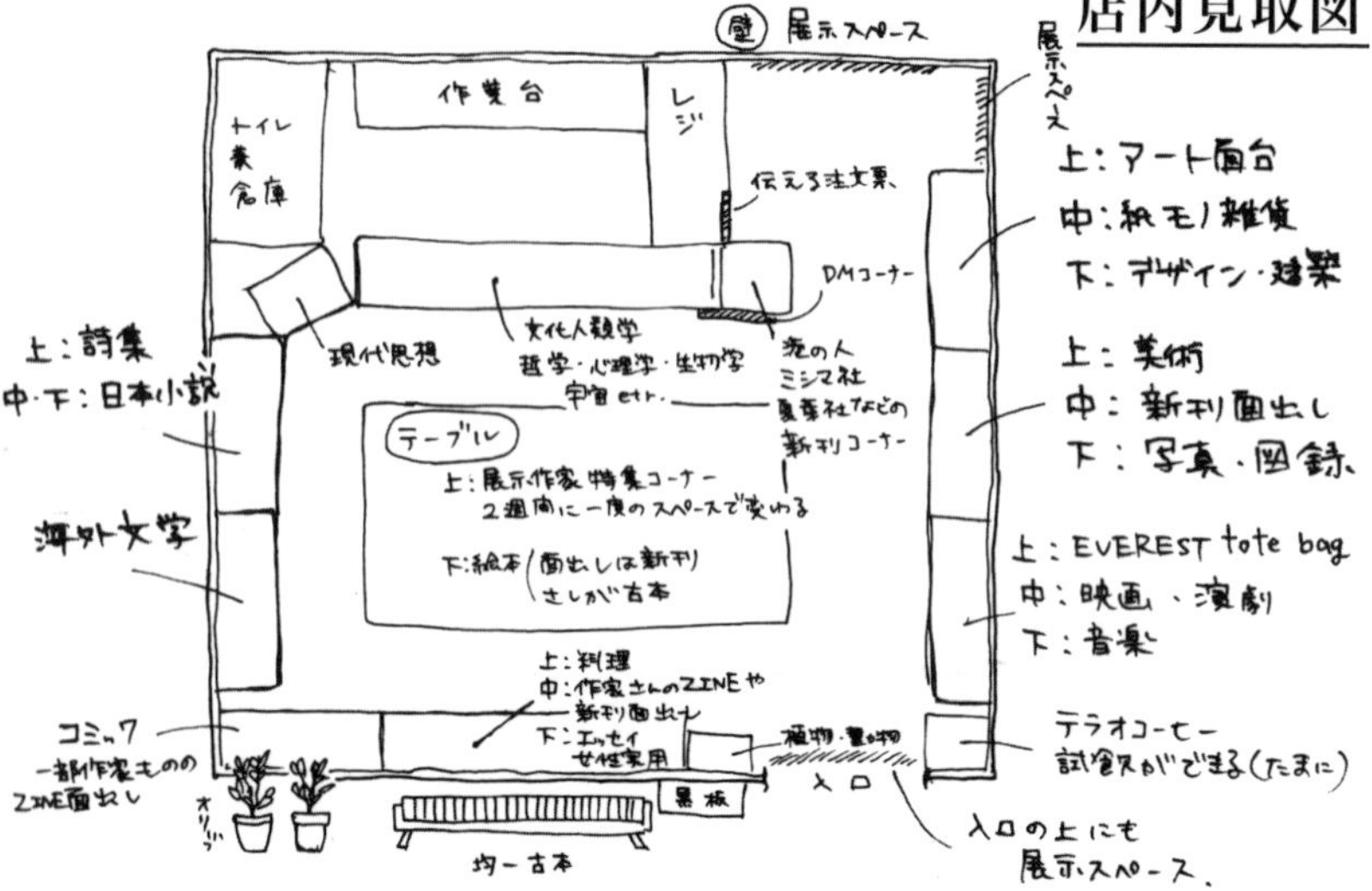

か。うちは什器代が一番かかっていないんで。

本が売れたら嬉しいし。「小さな嬉しい」が嬉しいですよね

——サン、サン、サニー展について教えてください。

高橋　三周年のグループ展を今年の六月に考えていて、今までに関わってくれた、これから関わるイラストレーターの方九名にイラストを描き下ろしてもらいます。毎年、周年ごとに「SUNNY」という記念誌を作っているんですが、今回は古川日出男さんに「BOY」というテーマで特別寄稿をお願いしているので、九名のイラストレーターの方にも「BOY」をテーマにイラストを描いてもらい、その絵の展示と、その絵をグッズにして販売しようかなと思っています。グッズは刺繍ワッペンを作ります。うちは土曜日に「EVEREST tote bag」が店番をしてくれているので、EVERESTさんにも三周年記念のサニーバッグを作っ

てもらって、サニーワッペンでカスタマイズができるようにします。ワッペンをつけたバッグに本を入れておでかけしよう、って感じですね。

——今までで一番ヒットした展示は何でしょうか？

高橋 ナンバーワンは nuri キャンドル展「鉱物と言葉、結晶世界」です。あとは、多田玲子さんの展示とグセアルスの村橋貴博さんの展示ですね。この三つは数字とかは関係なく、特に印象深い展示でした。最近でいうと、オオクボリュウさんの展示も印象的です。毎日のようにそれをめがけて来てくれるお客さんがいました。

——SUNNY BOY BOOKS が独自でやっていることがあれば教えてください。

高橋 「伝える注文票」というのをやっていて。これは言葉遊びのデザインユニット「二歩」さんとのコラボでうちだけでやっています。複写式の注文票になっていて、語群の中から言葉を選んで書いてもらい、一枚目をめくると詩のように言葉がつながるようになっていて、その言葉に合った本をこちらで選んで郵送するというサービスです。本代と郵送代込みで千五百円です。それと先日、キャップブランド「CAPS」の帽子の受注会をやらせてもらって。せっかく本屋でやるので、「with books」という本との連動企画もしました。「CAPS」は「贈る」がテーマになっているので、帽子を贈る相手とキーワードを書いてもらって、そのキーワードに合った本をこちらが選び、帽子と本を一緒にプレゼントしてもらうという企画です。本と何かを掛け算する感じですね。

――他にも、「本屋の二人」という活動もされていますよね。

高橋　相方と二人でやっていて、普段本のない場所を本屋にするという活動です。今まではギャラリーとか雑貨屋さんでやっていて、毎回その場所にちなんだテーマを決めて本を選んでいます。基本的には全アイテムを面にして、どうしてそのテーマでこの本を選んだのかという理由をPOPに書いて展示販売しています。

――お客さんの反応はどうですか？

高橋　毎回それなりに反応はありますね。吉祥寺のNippon Department Storeで「日本」をテーマにやったときはよく売れました。その後、気に入って頂いて常設になっています。今年中に五回目ができればと思っています。

――先週、象の鼻テラスで開催された「BOOK STREET」も大盛況だったようですね。

高橋　ただ本を売る古本市とかではなく、劇団とかミュージシャンとかお花屋さん、お菓子屋さん、雑貨を作っているアーティストの方とか、様々なジャンルの作り手たちが「本」をテーマにパフォーマンスやワークショップを行い、大盛況でした。

――どのお仕事もそうですが、手間を惜しまずされているように感じます。周年記念誌の「SUNNY」や本屋の二人の活動を本にした「風の本」、学芸大マップ等、かなり手が込んでいますね。

高橋 一言で言っちゃえば投資です。なんか思いついたし、関わってくれそうな人もいるし、面白そうだし、やったらやったで何かあるだろうっていうのが見えるから。思いついたらやるたちなんで。

――仕事をする上で一番大事にしていることはありますか？

高橋 楽しいかどうか。それだけですね。

――開業されてから、一番嬉しかったことは何ですか？

高橋 思いつかないんですけど、毎日店が開けられているから、それでいいかなって。「売上が今月やばい……」みたいなときはありますけど、普通に店は開けられているし。本が売れたら嬉しいし。「小さな嬉しい」が嬉しいですよね。

――売りたい本が売れていくという原初的な喜びって、意外と感じるのが難しいのかなって思います。チェーンの書店で働いていると、やりたいこととやらなければならないことに隔たりがあったりして、「何のために本屋になったんだろう……」って感じることもあるかもしれないですし。

高橋 普通にやっていても本はなかなか売れないということがこの二年くらいでわかって、展示をやったりイベントに出たりしているんですけど、それも結局は本を売るためなんで。本が売れたら嬉しいですから。

自分の「楽しい」に従った方がいいと思う

――本を読むことと本を売ることだったらどちらの方が好きですか？

高橋　僕はたぶん売る方でしょうね。僕は全部が遊びだから。もちろん読むのも好きですけどね。

――本屋をやりたい若い人に何かアドバイスをお願いできますか？

高橋　楽しいかどうかじゃないかな。自分が本当にやりたいことはきっと楽しいから。それが楽しくなかったら向いていないというか、やめたほうがいいんじゃないって。だって、絶対きついよ。僕だって普通に就職して稼いだ方がよっぽどよかったし。でも、そういうのは捨てたんで。自分が楽しんで生きていく方をとったんで。自分の「楽しい」に従った方がいいと思う。

――ちなみに高橋さんは本屋じゃなかったら、どんな職業に就いていましたか？

高橋　今やりたい職業があって。バスの運転手がやってみたい。

――どうしてまた。

高橋　前からバスが好きなんですよ。運転さばきを見ているのが好きで。電車の運転はなんとなくひかれなくて。本屋辞めてやるならバスの運転手。あれって、免許を持ってなくても、バス会社に入ったら免許を取らせてくれたりするじゃないですか。僕たぶん、あれやるなと思って。なんとなくだけど。バスの運転手ってクールじゃないですか。

――ですね。

高橋 僕はクールじゃない感じのバスの運転手になりたいんです。「今日も元気でいってらっしゃい♪」みたいな。

――そっちの高橋さんも見てみたいです（笑）

高橋 その頃にはSUNNYはないんで。

――いやいや（笑） きっと本屋を続けていくと思うんですけど、今後のSUNNY BOY BOOKSが目指していることとか、企んでいることとかはありますか？

高橋 店の持続じゃないですか。もうちょっと売上を上げつつ持続。一番の企みは、「サン、サン、サニー展」を成功させること。で、そういうのが終わるとまた次のが出てくるんですよ、小さい目標が。それをちゃんとクリアしていく。関わってくれる人とは忙しくても丁寧に関わっていく。普通のことですけどね。

――高橋さんの本屋は五坪ですよね。でも、すごく大きく見えるんです。小さくて大きな本屋というか。規模が小さいことによる強みみたいなものはあるんでしょうか。

高橋 見えない密度というか。店主がその空間にどれだけ関わっているか。どれだけ広くても、それを作っている人に気持ちがないというか、普通に居るだけだったら、ただの空間なんで。ここは僕の部屋みたいなもんだし、それだけの気持ちは込めているし、大きい書店に対して何も負けている気はしないし。そういう気持ちじゃないですかね。そういう「見えないもの」が見えるんですよ。

――「見えないもの」が見える。

高橋 だと思うし、売上がどうのこうのじゃなく、ここの空気はよくなっていると思っていて。流れというか空気感が。そういうのって、広い狭いは関係ない。

――よくわかります。ここってすごくいい空気感じゃないですか。僕がはじめてここに来たとき、小学生の女の子にミルキーをもらったんです。そういう近所の女の子が気軽に入ってこれる間口の広さがいいですよね。本屋って、誰にでも開かれていないとダメだと思うし。

高橋 来たきゃ来ればいいし、帰りたきゃ帰ればいいし。狭い店だけど、積極的に声をかける気もないし、自由にどうぞって感じでいいやと思っていて。

――あのミルキーをくれる女の子は近所の子なんですか?

高橋 歩いてすぐそこの子です。最初はお母さんと来たのかな。あんまり覚えてないですね。それから一人でふらっと来るようになって。今でも週に一回は来る。急に来て「お菓子ちょうだい」みたいな。お菓子だけもらって帰ったり。逆に「はい」って言ってお菓子くれて「バイバイ」って帰っていくときもある。この間は、「ここに来る人は変な人が多いね」って言っていました。「おじさんも変だしさ」って。

――（笑）

本屋って「生き方」だと思う

――「これからの本屋」が求められているものとか、どうあるべきかとか。高橋さんのご意見を聞かせてください。

高橋　北田さんはどう思うんですか？

――よくわからないです。ぼんやり考えているのは、本屋という言葉って、場所をさす言葉なのか、それとも人をさす言葉なのか、人によって考え方が違うと思うんですけど、僕はSUNNY BOY BOOKSが本屋というよりは、高橋さんが本屋なのかなと思っているんですよ。

高橋　それ、なんか合っているような気がします。

――高橋さんが居るSUNNY BOY BOOKSっていうか。だから、高橋さんが店の外で活動をすれば、そこが本屋になる。

高橋　本屋って「生き方」だと思う。

――「生き方」っていうのを本屋の定義にすると、別に本を売っていなくても本屋を名乗れるじゃないですか。本屋という「定義」がもっと緩やかになって、人そのものが「本屋」になっていく方がいいような気がしています。

高橋　「本屋の二人」もそうだしね。

――そうそう。

高橋　僕もそう思います。商売というよりは遊びだし、楽しいかどうかが大事だし、それって生き方だから。生き方として「本屋」を選んだってことですかね。なんか、「本屋」って言葉がしっくりくるんですよね。書店とか、古書店とかってなんかしっくりこないんですよ。ぼくは自分の店のことを「小さい本屋」って言っているんです。

――すごくしっくりきますね。最後の質問なんですが、高橋さんにとって「本」とはどういうものでしょうか？

高橋　うーん。コミュニケーションかな。僕は本がなかったらあんまり人と話せない。

――コミュニケーションのツール？

高橋　本とのコミュニケーションもあるし、本を介していろんな人ともコミュニケーションできるし。

――世界との接点？

高橋　まぁ、そういう感じですよね。格好良くまとめて頂いて。

――いやぁ、わからないですけど（笑）

THE BOOKS

OPEN

SUNNY BOY BOOKS（サニーボーイブックス）

住　所　〒152-0004 東京都目黒区鷹番2-14-15

営業時間　平日13:00～22:00／土日祝12:00～21:00

休業日　金曜日

URL　http://www.sunnyboybooks.jp/

ジャンル　料理、ライフスタイル、絵本、コミック、海外文学、日本文学、詩集、思想、哲学、映画、音楽、建築、デザイン、写真、美術など

アクセス　東急東横線・学芸大学駅 徒歩約5分

経歴 -高橋 和也-

年	月	出来事
2005	4月	大学入学
2007	4月	某書店でアルバイトをはじめる
2008	12月	某書店を退職
2009	1月	都内某書店でアルバイトをはじめる
	4月	大学卒業
2010	2月	HEIMAT CAFÉ（武蔵小山）の書棚を担当する
	3月	SUNNY BOY BOOKS名義で活動をはじめる
	10月	shop & atelier POTに期間限定出店
2012	8月	しまぶっく仮店舗に出店
2013	1月	都内某書店を退職
	6月	SUNNY BOY BOOKS（学芸大学駅店舗）をオープン
	10月	本屋の二人をはじめる

＊2010年以降点々と古本市などに出店を重ねる

3 〈フリーランス書店員〉

久《く》禮《れ》 亮《りょう》太《た》

フリーランス書店員という新しい職業

フリーランス書店員である久禮亮太さんが、以前に店長を務めていたあゆみBOOKS小石川店にはよく足を運んでいた。商品のセレクト、並べ方、棚の編集の仕方にしっかりと意思が感じられる素敵なお店で、お客さんの趣味嗜好や購買傾向を丁寧に反映させた棚作りをされているように見えた。お客さんとコミュニケーションをとりながら地道に売場を作られていた久禮さんのお仕事をぼくは尊敬していた。

そんな久禮さんがあゆみBOOKSを退職し、フリーランス書店員として活動されると聞いて、ぼくは心底驚いた。久禮さんが培ってこられた書店員としての力が、書店の店頭以外の場所でどのように活かされるのか、とても興味があった。そして、「久禮書店」を名乗るものの実店舗を持たないというやり方をとてもおもしろいと思った。

ぼくは昔からずっと本屋さんになりたいと思っている。昔は小さな自分のお店を構えたいと考えていたけれど、今は店を持たずに本屋をやるにはどうすればいいだろうと考えている。お店をする上で障壁となるのは高額な初期費用だ。いくら独立して本屋をやりたいと願ったところで、ある程度のお金がなければ何もはじめることはできない。でも、何か知恵をしぼり、今まで誰も思いつかなかったようなやり方で、実店舗を持たずに本屋を営んでいけるかもしれない。久禮さんの活動はまだはじまったばかりではあるけれど、実店舗を持たず「フリーランス書店員」という今まで誰もやってこなかったことにチャレンジしている。

棚を介したお客さんとのコミュニケーション

久禮さんはフリーランス書店員として、ブックカフェに常設する本棚の選書・棚作り・運営などを手がけている。二〇一五年四月には、昭島市中神町にあるブックカフェ「マルベリーフィールド」の書籍売場（棚五本分・約五百冊）の選書を、二〇一五年八月には神楽坂に新たにオープンしたブックカフェ「神楽坂モノガタリ」の書籍売場（約三千冊）の選書をそれぞれ担当している。

従来、こういったブックディレクション（選書業）は幅允孝さんの「BACH」や内沼晋太郎さんの「NUMABOOKS」が多くを手がけており、その他にはセレクト書店が請け負っているケースもある。ぼく自身もアパレル・雑貨屋、スーパーマーケット、ホテルのライブラリーなどの選書を手がけたことがある。

久禮さんが選書し、作られた棚を見て感じたのは、今までのブックディレクターが作っている棚とまったく異なる風貌をしているという点だ。棚作りのコンセプトが表立っては見えず、隣り合う本に必ずしも文脈があるわけではない。この棚を見て、ぼくは以前に久禮さんにお会いした際に「俺のセレクトお洒落やろ、どやっ！みたいな棚は作りたくない」と言っていたことを思い出した。たしかに、ここにあるのは作り手側の一方的な自己満足ではなく、そのお店のお客さんと丁寧にコミュニケーションをとり、お客さんとともに棚を作り上げていきたいという思いだ。結局のところ、お店を作るのは店主や書店員ではなくお客さんなのかもしれない。久禮さんの棚を見て、ぼくは勝手にそのような解釈をした。

久禮さんの選書の仕方についても一度お話を聞いたことがあったが、三千冊の選書をわざわざスリップ（書籍の中に挟む二つ折りの長細い伝票）を使用して行うという。詳しくは覚えていないが、売りたいと思うアイテムから派生させて選書していくようだ。ぼくがブックディレクションの仕事に取り組むときは、まずコンセプトとMDを作り込み、大カテゴリー・小カテゴリーを決め、そのカテゴリーに合う本をざくっと選びリストを作る。そして、その中から「気持ちのいい文脈」になりそうな本同士を紐付けしていく。それから、文脈にはまらない本をふるいにかけ、最後は現場合わせで実際に本を棚に並べながら（背表紙の並びの美しさ等を考慮しながら）最終調整をする。

ぼくが大枠から固めていくのに対して、久禮さんは点からスタートする。だから久禮さんの作る棚は、ジャンルの振れ幅が広く、一冊一冊の個性が際立っていて、棚の解釈がお客さんの想像力に委ねられる。久禮さんの棚は鑑賞用の「作り物」ではなく、血の通った「生き物」のように見える。コミュニケーションのための余白が意図的に用意されている「心地好い」棚なのだ。

選書業（ブックディレクションの仕事）は書店員の仕事とはまったく異なる。書店員の仕事は棚を日々流動的に変化させていくことであり、一度棚を作っておしまいではない。だから、長年書店員をされてきた久禮さんがフリーランス書店員として選書業に取り組むとき、そこには今までになかった新しい価値が生まれるはずなのだ。

INTERVIEW

久禮 亮太

（フリーランス書店員）

本屋との接点を本屋の「外」で作らないといけないなと思って

――十八年間勤められたあゆみBOOKSを辞めて、独立されたきっかけは何だったのでしょうか？

久禮　三つくらいの出来事が、三十九歳の冬に一気に起こったんです。一つは、四十歳くらいで独立したいと二十代の頃に漠然と思っていたのに、もう残すところ一年しかない！って気付いちゃった。あゆみBOOKSでアルバイトをはじめたときからお世話になっていた鈴木孝信さん（早稲田店の店長、社長を歴任し、二〇一四年に退任）に、「本屋なんて、自分で好き勝手やらないと面白くないだろう」と昔から言われていたし、僕自身が見てきた早稲田界隈の古本屋の店主たちもそうだったから、独立の願望は潜在的にはずっとあって。もう一つは、新刊点数の多さだとか、その仕入れに押されて売場の回転が速くなりすぎて、じっくりと既刊を売ることができないという状況を変えたかった。このまま流れに巻き込まれているより、いったん逃げ出して、自分が主導権を握って回せる新刊書店のやり方を見極めたいなと思ったんです。他方で、家のこともありました。小石川店の店長として一人前になろうとしていた時期と、はじめての子どもが生まれてからの三年間がちょうどかぶっていて、もう少し子どもと関わりたいとも思っていたし、妻の漫画家としての仕事が増える時期に子どもを優先してもらったことを申し訳ないと思っていて、今からでも遅くないからお互いの仕事と育児の時間を半々くらいでシェアしたいなと。それで、いよいよ今かなと感じはじめていたときに、当時の鈴木社長が退職することになって。

——いろいろなことが一度に重なったわけですね。実店舗を持たずに独立された意図は何かあったのでしょうか？

久禮　小石川店と同じように、またハコを構えてその中のことだけにかかりきりになってしまったら、これまでの繰り返しだなと思っていました。自分から本屋に来てくれるようなお客さんに「いい店だね」と言ってもらえる品揃えは、ある程度できるんだけど、そもそもお店に来る習慣がない人や、もう新刊書店に幻滅しちゃってるような読書家のお客さんがあまりにも多いと思うことが度々あったから、もう少し本屋の面白さを伝える工夫とか本との接点を、本屋の「外」で作らないといけないなと思って。

——場所を構えて来てもらうというよりは、本屋の方から出向いていくという感じですか？

久禮　そうです。お店の中の充実と、店舗そのものを外に知らしめることと、お客さんの生活の方へ出張して売ること、この三つの組合せというか行き来がすごく必要じゃないのかなと。たしかに、借金してでも店を持つという選択もなくはなかったと思うけど、できなかった。商売の面から考えると、お店の外で売る方法論ができるまでは時期尚早だと思ったたし、がむしゃらに独立を志向して辞めたというよりは、生活や家族とゆっくり時間を使いたいと思ってのことだったので。平たく言うと、妻に稼いでもらって、僕は家にいようと思ったから。でも、それを勝手に決めたので妻にはすごく怒られましたけど。

――えっ、相談はしなかったんですか？（笑）

久禮　相談していたつもりだったんです。前々から、折に触れてそういうことを家でブツブツ言っていたから同意がとれていると思い込んでいたんだけど、何月何日付けで辞めますという重要な相談はしていなかったみたいで。ついうっかり。相談していなかったみたい（笑）

――そりゃ怒られますよ。

久禮　だから、僕が外で「家族との生活のために辞めた」とか言うと、「また綺麗事ばっかり言って」と怒られます。そりゃそうですね。それに、正直に言えば、鈴木さんが退職したあとの経営陣と在庫と返品率やなんかを巡ってやり合ったというか、議論がかみ合わなかったというのが最後のダメ押しだったから。

――今回は店を構えるという選択にはならなかったと思うのですが、将来的には実店舗を持つ可能性はあるのでしょうか？

久禮　あります。ただ、今の働き方をマスターしてからかなと。将来にも生かせる手法を身に付けたいし、仕事を頼んでくれた方にも、もっと成果をもたらしてからじゃないとやめられないと思って。

――これは仮定の話ですが、もしご自分でお店をされるとしたら、取次と契約する新刊書店か直取引のお店、どちらになりそうですか？

久禮　現在の流通事情や取引条件がいいとは思わないけど、取次は必要だと思います。もちろん直取引の出版社さんともやるし、委託品も買切り品も混在すると思います。その比率は、やってみないとわからないかな。というか、そういう付き合い方で取次会社が口座を開いてくれるなら、ぜひそうしてほしい。取次に集約か個別に直取引か、委託か買切りか、いろいろな組み合わせ方が選択できるのが理想です。いずれの場合でも、棚の商品が変わるという新陳代謝の仕組みを確保することと、利益率が上がることの折り合いが大切だと思います。新刊書店をやるからには、いろんな著者や編集者と関わって、彼らが今だからこそ世に問うという新刊本を幅広く編集した棚をつくりたい。小さくても世界の全体性を表現する本屋になりたいんです。僕はあまり小説読みじゃなくて文芸書に強いタイプではないんです。どちらかというと、人文・社会・ノンフィクション的なものと小説を組み合わせて時事的なものを表現するタイプだから、尚更そういう店づくりになると思います。そういう変化していく棚を維持するには、たくさんの出版社の送返品や支払いや新刊情報がある程度の規模で集約されてないと、事務作業がこなせないと思います。個別の直取引でも、これはというものは、はじめにポンと現金で買い切ってしまえば楽ですね。その場合は、最終的な値付けはこっちに委ねてほしいです。そのやり方は、バーゲンブックの仕入れでよくやっていました。バーゲンブックは、店の外でお祭りのように売ったり、しれっと棚に入れるようなやり方もあって、面白いですよ。お客さんとしても掘り出し物を見つけて安く買うという楽しみがあるだろうし、こっちも利益率が高い。古書は仕入とか僕にとっては未知なことが多いから、やらないことはないけど、まだ……って感じですね。

その本を何か別の本と取り替えてあげられる「緩さ」を残しておかないと気がすまない

——フリーランス書店員というのは、具体的にはどのような仕事をされているのでしょうか?

久禮　まずは販売用の棚の選書です。発注・品出し・返品等の売場運営までがセットになっています。二つ目が、前職で自分が店長として部下に教えてきたようなことを他のチェーン書店で人材育成としてやっています。書店さんにお邪魔して勉強会をしたり、マニュアルや連載エッセイのようなかたちで文章化する場合もあります。書店員講座のようなものですね。三つ目は、売るという実務を伴わない選書だけの仕事です。選書と選書に伴う文章を書くという執筆作業も含まれます。会社を辞めた当初は、出張販売をして自分が販売の主体になろうとしていたんですけど、最近その試みはお休みしています。

――書店の店頭で働いてきた後、書店の外側に出て活動されたことで、何か新しい発見はありましたか？

久禮　前から薄々とは思っていたけど、新刊書店のスピードは速すぎる。店全体が漫然と新刊の刊行ペースに合わせて流されていき、どの商品もメリハリなく短命ですぐに押し出されていく状況に慣れてしまっていました。自分の意思で売るべきだと思うものを売る仕事が、やっているつもりで、実は充分ではなかったと気付きました。

――以前に一度、飲みながら選書の仕方についてお話したことがあったと思うんですが、あのお話がとても面白かったんです。そのときお話されていたことが、神楽坂モノガタリの棚を見てよく理解できました。久禮さんの選書は文脈を意識するのではなくて、一冊一冊のキャラクターが重視された選書で、ジャンルの振れ幅が広いというか、お客さんの想像力に委ねる部分が大きいと思うんです。買ってもらうための棚であり、お客さんの反応によってどんどん変化していく棚ですよね。今までいろいろなブックディレクターが作ってきた棚って、作り物のように見えていたんですよね、自分が作ってきた棚も含めて。久禮さんの棚は作り物ではなく生き物だなと。別に自分の選書の仕方を否定するわけではないんですけど、久禮さんの作る棚というのは、表現が難しいんですけど、健全というか、正しい気がしたんです。正しいというか、本来的というか。

久禮　僕の選書は後出しジャンケン方式というか、お客さんが買ってくれたものを見て追いかけていく感じです。自分が提示したいテーマとか文脈とかストーリーをもとに選書をするのは正直苦手で、日々新刊書店をまわしてきた身としては、そういう選書の仕方をじっくりやったことがないわけですよ。新刊書店の棚の作り方って、個別の本を、それを好みそうな人の目に触れるように置いておき、日々その中から動きが鈍いものを間引き、結果的に常にそこにおもしろい本が集まっている状態を維持することなので。その手法しかできない。

——なるほど、よくわかります。

久禮　一つのテーマで棚を作るときに、あまり頑張って作り込みすぎて、一冊も動かせないような棚にはしたくないんです。どうしても売れを考えちゃうから、いい本なんだけどたまたまこの場所では売れなくて棚から抜かないといけないときに、その本を何か別の本と取り替えられる「緩さ」を残しておかないと気がすまない。文脈棚の設計図が緻密すぎると、あとで自分が運営できなくなっちゃうから、アバウトなままやっちゃえという感じです。

――棚にちゃんと余白がありますよね。隙間というか。息苦しくなくて、棚がちゃんと呼吸している感じがします。本そのものの素材で勝負しているというか。今までの選書家は調理で勝負していたような気がするんです。これは良いとか悪いとかではなく。素材で勝負するか、調理で勝負するかでいうと、本を扱う場合、調理で勝負すると素材の良さが消えてしまうことがあるような気がします。

久禮　棚を作るときも、何かを抜くときも、単品一冊一冊の実績とか売れ方ばっかり気にしていますね。

――魅せる棚ではなく売れる棚にしているのがすごいと思うのと、あとは、棚を作って終わりではなくて、棚を日々変化させていくところまでを仕事にされているのがすごく魅力的です。作って終わりの選書仕事って嫌ですよね。僕もアパレルとか雑貨屋の選書をしてきましたけど、棚のメンテナンスに行けない時期が続くと夢に出てくるというか、すごく罪悪感を感じるんです。

久禮　選書の作家性が求められている面も世間一般的にはあるから、そういう棚づくりが得意なコーディネーターの方々のお仕事も、それぞれの場所にフィットしているとは思います。僕のようなやり方は、新刊書店という効率を求められる中で工夫するという点では、最適な結果を出せているような気がしています。

本屋の仕事って、人の心のやわらかいところを突くことだと思う

――この本は『これからの本屋』というタイトルになるのですが、これからの本屋は何を求められているのか、久禮さんのご意見をお聞きしたいです。

久禮　「コミュニケーションです」と単純に言ってしまうと、ありきたりな解釈になってしまいそうなので……。本と本を組み合わせて、本と本の間にある「本じゃないもの」というか、新しい何かをつくるというか。本と人とが出会うパターンってもっといろいろあると思うから、本と人とを出会わせるやり方をもっと考えていきたいというのはあります。あとは、本屋という場所で人と人とを出会わせるホスト役というか、黒子役になれるんじゃないのかなと。

――これから本屋になりたい若い人たちに何かアドバイスをお願いしたいです。

久禮　本屋になりたいほとんどの若者が、自分より本を読んでいる人だと思うし……。

――いやいや、そんなことはないと思いますよ。

久禮　ほんとに僕なんか本をちっとも読めていないですから。たぶん僕はね、人の顔色というか、人が何を欲しているのかを読むことの方が敏いんですよ。本を読むというより、人を読むというか。

──久禮さんの棚を見ていると、お客さんの心を読む天才なのではないかと思うときがあります。

久禮　お店に立つとき、お客さんの身なりを観察するとか、話せるときは話す。こういう人がこういう本を買うというのがわかるじゃないですか。スリップを見ているだけではダメで、実際どんな人が買うのかという日々の擦り合わせで、想像上の薄っぺらい人物像を厚くしていく。専業主婦でお金に余裕のある小洒落た女性だと決めつけていた人が、話してみると意外に社会問題に関心が高かったり、横文字系の経営理論書を買っているような人が、わりとナイーブな詩とかを買ってたり。本屋の仕事って、人の心のやわらかいところを突くことですよね。本屋は人の願望が丸裸になる場所というか。本屋でわざわざ棚の前をぶらぶらするのって、情報を得たいからではなく、棚を見ながら自分自身のことをぼーっと考えたり、心の隙間にすっと入り込んでくるものをなんとなく求めているからだと思うんです。足りないものを探しに来ている。そういう願望とかコンプレックスとか、やわらかそうなツボばかり探しています（笑）

──だからですね。そういうのが久禮さんの棚を見ているとすごく伝わってきます。ちなみに久禮さんは棚をつくる上で科学と感性、どちらを大事にしていますか？

久禮　両方の行き来かなと思います。選書をはじめるとき、いつもの得意パターンみたいなものがあって、これは割とロジックなんです。それがある種の仮説というか提案のベース。それを並べながら自分の感情に響くかどうかという検証があって、実際お客さんが買ったかどうかの検証でさらに修正します。まず理屈で組んでおいて、自分なりの「エモさ」を掘り下げて、そこにお客さんの客観性を加えていく感じです。実際の棚で言うと、まず全体を、芸術・文芸・人文・社会・ビジネス・ライフスタイルといったように、オーソドックスな感じでマッピングします。全体は既存のジャンルに従っているんだけど、部分をみると、ライフスタイルの棚なら「女性の自立と依存」だとか、ビジネスの棚には「自意識とコミュニケーション」のような、人が感情的になりやすいツボを埋め込んである。そういう部分を表現するとき、いつも使うキーになる本があります。そういう鍵本は、「十年以上にわたって七刷とか八刷とかしている」とか、「自分だけは百冊以上売った」というような実績があるロングセラーをできるだけ選んで、おいそれとは返品しない核にします。その周りに核を補強する本のかたまりがあるようなイメージで、ここは結構取り替えていきます。

こういう言い方は白々しいかもしれないけど、本を通じて人の役に立てるかどうかかなと

——何かの記事で読んだのですが、棚前の平積みの売り方が全体の売上に貢献していくというようなお話をされていましたよね。僕の勝手な印象なので間違っていたら怒ってほしいのですが、久禮さんはホームランを打つタイプというよりは、ヒットを三本打って一点を取るタイプなのかなと思っているんです。ぼくは一アイテムを仕掛けて百冊売ったところで気持ちいいと思えないタイプなんですよ。それだったら、百アイテムを一冊ずつ売る方が気持ちいいというか。

久禮　たしかに、仕掛けたものが二、三百冊売れて「どうだ！」というよりは、棚前の平積みの多くが一面でも多く機能して売れていく方が嬉しいですね。

――漠然とした質問ですが、本を売るためのコツは何かありますか？

久禮　お客さんが「自分で本を選び取った」という感覚を残しておくことかな。そういう考え方が、さっき言った隙間のある棚という話につながると思う。お客さんが自分で見つけた感じになるよう、「そっと」しておく。「これを買って！」というPOPはあまり付けないし。それと、細部においても全体においてもバランスをとることを重視しています。それは、例えば右翼と左翼の政治本を平等な面数で平積みするというような硬直した意味じゃないです。本にはそれぞれ最適な表現方法や売れ行きに見合った置き方があるはずで、日々変わるその最適解をお店全体に気を配って探ることで、隅っこの売り場まで販売力というか「棚の強度」のバランスをとるという感じです。

――本屋に向いている人ってどういう人なんでしょうか？

久禮　何にでも興味がある、広く浅くのタイプでしょうか。自分の好きな本を読みはじめると寝食を忘れて……というタイプよりは、人が何を読んでいるかばかり見ているタイプの方がいいかなと。でも、それは自分がそうだから、そう思うだけですね。本屋がお客さんから期待される役割って多様だから、いろんな特技を仕事にぶつけていけばいいかなと思います。

――本屋の仕事の本質って、どういうところにあるんでしょうか？

久禮　自分が本そのものに耽溺しているというよりは、こういう言い方は白々しいかもしれないけど、本を通じて人の役に立てるかどうかかなと。

――自己満足だけではなく、自己満足が他人の役にも立つというのが仕事の本質なのかもしれないですね。久禮さんが仕事をする上で一番大事にされていることは何ですか？

久禮　なんかそう言われると、仕事に対して意識が高そうな台詞を言わないといけないような気がするけど。基本、締め切りは守らないし、在庫は増えるし、返品はため込むし……。

――ろくでもないですね（笑）

久禮　仕事に対する意識は高くないんですけど、大事にしているのは客観性ですかね。自分が表現したことに対して、それを補正する意味で客観的視点を求めているというのもあるし……。

――以前お話したときに、「俺の選書お洒落やろ、どやっ！　みたいな棚はつくりたくない」と仰っていましたが、そういうのも客観性なんですかね。

久禮　最近、箱庭的にきちっと選書するような仕事もやっていて、正直それはそれで楽しいかなと思いつつあります。頑張ってつくったら、「あぁ、なるほどね」って言ってくれるお客さんもいて、全体の中の一部分としては、それも一つの表現だなと。でもやっぱり、きっちり置くのは苦手です。本って、タイトルとかテーマとか著者の出自といった表面的なスペック以外の「多様な読み」ができると思うんです。例えば、外科の専門医が自分の体験を通して書いた医療現場のレポートがあれば、同業の医者とか医学部の学部生が買うだけでなく、プロの仕事論として会社員が買うかもしれないし、近々病院で手術を受ける人が「医者ってどういう人生なんだろう」と思って買う可能性もある。一つの本が多様なお客さんを引きつける魅力があるときに、たくさん売れるはずなんです。その多様な読者をつかむチャンスが拡がるように、本を曖昧なところに置きたいなと思うんです。例えば、ある起業家が書いた本の表紙に「ハーバード流……スタートアップ……カンパニー」とかなんとか書いてあっても、よく読んだら、働く夫婦が仕事と生活で共有できるライフハックが満載ということもあります。それをなんとなく経営論の棚に置いてしまうと、知ってる人がそこそこ買っておしまい。それ以上売れない。多様な面を持っている本は、いろんな読者の視線に晒される場所に置いてたくさん買ってもらうのが自然です。本屋はいろんなタイプの人や本が集まる場所なので、そのバランスに配慮して、客観的な棚になればいいなと思ってつくっています。

局所的な小さな出版が場の活性化につながれば面白いと思う

――書店員さん向けの勉強会をやられているかと思うのですが、書店員さんの反応はどうでしょうか？

久禮　まとまった形で業務を教えられたり、日々の棚づくりを良いとか悪いとか言われる機会は、チェーンの現場では減っているから、一つの指標というかアドバイスを得られてよかったという感想は多いです。みんな曖昧さの中で判断に困っていることが多いと感じます。仕事の基本として、よく「スリップに数字をかけ」と言いますが、僕が伝えたいのは、何から何までスリップの数字に従って機械的に効率販売を目指そうってことではないんです。例えば二十面くらい積める平台があったら、その中には売れ行きの濃淡があります。絶対に平台から外せない稼ぎ頭もいれば、瞬間風速的にバカ売れして止まるやつ、地味だけどコツコツ売れているやつ、どうせ売れないけど義理で置いとくやつとか、いろいろ。スリップの数字を頼りに、その性格を見極める癖をつければ、これはまだ返品できないけど、ここは圧縮できるという判断が早くなる。その判断が正しければ、圧縮しても平台全体の売上がそれほど下がらないとわかっているから、空いたスペースで自分の好きなことが実験できるし、お店独自のロングセラーを大事に育てる余裕も生まれる。担当者の趣味的な自己表現と、本屋の客観性を両立しながら売上を立てるということを提案しています。その意図が伝わると、おもしろいと言ってくれることが多いです。

——今後も勉強会の予定はあるんですか？

久禮　二つくらい予定があります。経営者さんが相手のものと、店長さんが相手のものなんですけど、もっと現場の文庫担当の若い人とかとやりたいですね。自分自身が新刊書店の日常業務をこなす毎日から離れてどんどん日が経っているので、あまりやり続けるのは限界があるかなと思っています。「おまえ、今そんなに苦労してないじゃん」「一緒に酒飲んでるけど、お前は明日の朝、雑誌百梱包捌くわけじゃないだろ？俺は捌かないといけないけど」みたいな温度差が生まれるじゃないですか（笑）また自分が一人で本屋をやる立場に戻れば説得力があるかもしれないですけど、今はイベント企画とかカフェとか、だんだん違う職業の人になりつつある（笑）

——今後の久禮書店の展望をお聞かせください。

久禮　神楽坂モノガタリというお店が恵まれた実験場なので、そこでやれることをやりたいです。まず、連続性のあるイベントと、それに連動した棚づくり。イベントと棚に共通のテーマを考えて、本を買ってもらいつつ、イベントで学んだことや思いついたことで棚を変えたり、次のイベントにつなげたりとか。リアルな本と人とを動員した本屋編集をしたいです。その連続した企画の記録として本を自前で出版したいというのもあります。神楽坂モノガタリを舞台にした、偶然的かつ必然的な本と人との組合せというか、編集の成果物としての本を出したいです。そして、その本を軸にまた新しい人に来てもらうという流れをつくりたいし、局所的な小さな出版が場の活性化につながれば面白いと思うので。

——すごく面白いですね。

久禮　一方で、近所のお母さんに「子どもに何を読んであげたらいいか」という要望に応えた選書とか、店に来ることができない人向けに、僕の提案型カタログ販売というか、個人向け外商みたいな可能性がないのかということも考えています。

——それも興味深いです。

久禮　去年たまたま企業向けのセミナー講師をやったんですけど、それも以前から地元の企業なり個人なりに外商できたらいいなと思っていたのが、一つ実現したというのもあるので。

――久禮さんは今後、どのような本屋を目指していますか？

久禮 本屋に行くという体験が、その人にとって日常から少し切り離されて、自分の時間を持つために役立てばいいなと思います。いい感じの孤独感というか、孤立して考える機会を与えられる「静かな本屋」ができたらいいなと。今までの本屋って、お客さんが本を選べる能力を持っていることを前提に、お客さん任せに本を置いていたところがあると思うんです。北田さんは、よりお客さんがいい感じで本と出会える仕組みやアイデアを考えながら、たくさん発明をしてきたと思うんですけど、僕も本と人とがもうちょっといろいろなシチュエーションで出会えるような仕組みをつくりたいと思いはじめました。神楽坂モノガタリは新刊配本もなくて、新刊書店のサイクルの速さから少し隔絶しているので、静かな中で本を通して自分を発見できるような場所にできたらいいかなと。カフェという場所があって、常連さんと常連さんが集まったりとか、イベントでゲストとお客さんが出会ったりとか、本を通じて人と人とが出会い、それがまた本になればいいなというか。いろいろなパターンの出会いがある本屋になればいいなと思います。神楽坂でそれを形にできたら、今度は自分の店を作りたいですね。

東京ノスタルジック

KYOTO

経歴 -久禮 亮太-

1995 □ 大学入学

1996 □ あゆみBOOKS早稲田店でアルバイトをはじめる

2001 □ 三省堂書店八王子店の契約社員を掛け持ち

2002 □ あゆみBOOKS五反田店に正社員で入る

2006 □ 早稲田店副店長

2008 □ 五反田店副店長

2010 □ 小石川店店長

2014 □ あゆみBOOKS退社

2015 □ 久禮書店としてフリーランス活動開始
□ マルベリーフィールド書棚リニューアル担当
□ 神楽坂モノガタリの書店部門の運営担当

2016 □ 上記2店に加え、各種媒体向け選書
書店業務研修講師など

あとがき

ぼくは「夜明け」のような本をつくりたいと思っていた。夜の空気と朝の空気が混じり合い、一秒ごとに明るさが変化していく夜明けの瞬間。夜と朝の中間地点。

ぼくはこの本を通じて、本屋のあり方を一から考え直してみたかった。本屋という場所を持つことの貴さを全力で肯定するとともに、また一方では、場所を持たなくても本屋を名乗れるのではないかという淡い期待を持っていた。

本屋というのは一体何者なのだろう。結局、答えは出ないままだ。でも、今なんとなく感じているのは、「本を売ること」だけが本屋を定義するものではない、ということだ。本屋という名称は「場所」をさす言葉ではなく、「人」をさす言葉なのではないだろうか。

年々、本屋という「場所」が減っていくことはとても悲しいことだけれど、本屋という「人」が増えていくのだとしたら、そこに少しの明るい希望を持つことができるかもしれない。ぼんやりだけれど、そんな風に思う。それが売り手であっても、読み手であっても構わない。もしくは、その中間にいる人であっても。

本屋という「人」がやるべきことは、本と人とをうまく出会わせることだと思う。あの手この手で本の良さを引き出したり、本の新たな価値を見出したり、本と人とをマッチングさせたりすることで、本を読む人はどんどん増えていくのではないだろうか。ぼくはそういう本屋になれればと思う。

この本が誰かにとって、何かの役に立つのかどうかわからないけれど、もし誰かにとっての「夜明け」に近づけたなら本望だ。ぼくの夜明けはまだまだ遠い。

二〇一六年五月一日　北田 博充

これからの本屋

2016年5月1日　初版第一刷発行
2024年2月1日　第二版第三刷発行

著　者　北田 博充
発行者　北田 博充
発行所　書肆汽水域
〒662-0912
兵庫県西宮市松原町9-2-602
info@kisuiiki.com

装丁・デザイン　中原 麻那

印刷・製本　藤原印刷株式会社

ISBN　978-4-9908899-4-4

※掲載の情報は2016年5月22日現在のものです。

-協力-
粕川ゆき（いか文庫）／福岡宏泰／根岸哲也／関田正史
中川和彦（スタンダードブックストア）／竹田信弥（双子のライオン堂）
辻山良雄（Title）／高橋和也（SUNNY BOY BOOKS）／久禮亮太（久禮書店）
小国貴司／鎌垣英人／小林浩／小宮健太郎／篠田真／長嶺昌史／花田菜々子